OTSU ICHI

乙一作品集

01

夏天、煙火、我的屍體

乙一

王華懋——譯

乙一
Otsu Ichi
作品集

01
夏天・煙火・我的屍體

contents

乙一

《夏天・煙火・我的屍體》台灣版獨家作者序

《夏天・煙火・我的屍體》是我的出道作。撰寫這部作品時，我十六歲。我之所以會動念要成為小說家，是出於對將來的不安。因為我認為自己沒辦法出社會工作，早已死了心。

十六歲的暑假，我第一次寫了小說，但成品只能用一個「慘」字形容（連新人獎的初審都沒有通過）。然後暑假即將告終的時候，我再次挑戰，又寫了一篇小說。當時的日本輕小說界正值異世界奇幻潮流，因此我認為投稿一篇不同取向的作品，反而能引起注意，因此選擇了以日本鄉間做為舞台。

孩子們不小心害死了朋友，設法把屍體藏起來的故事怎麼樣？我喜歡有人死掉的懸疑電影，所以想到了這個點子。會選擇小孩做為主角，是因為我自己才十幾歲，擔心無法描寫大人的思想。我也採用了以屍體為第一人稱的點子。因為比起第三人稱，第一人稱感覺比較容易，而且如果讓敘事者死掉，讀者一定會大感意外。後來這個點子受到讚賞，我有點意外，因為我一直以為這個設定應該會被評審挑剔。然後完成的作品便是《夏天・煙火・我的屍體》。

幾個月後，東京的編輯部打電話到我家來通知：你的作品進入決審囉。但接到電話的祖母以為是詐騙集團，掛了電話，如今這也成了美好的回憶。因為當時我的家人並不知道我在寫小說。

經歷了許多事，得到獎項，作品出版的時候，我十七歲。現在要我重讀這篇小說，我只有一句話：痛苦。對於內容，也只是依稀記得。但是到了現在，我總算稍微理解為何這篇小說會受到肯定了。

孩童與大人。

生與死。

被稱為神社的地方。

我覺得這些關係性當中似乎蘊含了一種神話性。犯了罪的孩子們努力逃亡的身影，總令人聯想起人類原初的樣貌。而這些結構，當時的我當然不可能理解，所以這完全是巧合之下的產物。因此可以說，這部作品是我「幸運的一擊」吧。

比煙火更燦爛・比永遠更遠

做為一個小說家，乙一，注定成為一則傳奇。

本名安達寬高的他，於十七歲的秀逸之年以〈夏天・煙火・我的屍體〉出道，隨即獲得諸如小野不由美、我孫子武丸、法月綸太郎、栗本薰等名家的一致好評，其作品同樣在許多票選排行榜及文學獎中佔有一席之地〔註〕。

但僅僅這樣並不足以成就其傳奇地位，或許我們還是得回到乙一的小說上，才能知道他迅速成為日本新生代小說家中佼佼者的理由。

在其處女作中，講述一個九歲的女孩殺害了童年玩伴，之後與哥哥展開一連串藏匿屍體掩藏罪行的冒險。透過死去小孩的靈魂視角，賦予此篇小說前所未有的新意，更讓小說中的恐怖氣氛不止於書中兄妹倆與其他人的捉迷藏，還蔓延到書中角色與讀者之間的對決中，在成熟富節奏的文句中堆疊出結局那令人驚愕又滿足的奇特景象。

當大家擔心這篇極為特出的作品不過是曇花一現時，乙一之後的小說陸續發表，更讓小野不由美在《夏天》一書的解說中說出「不是僥倖的。那不是新手在無意識中書寫，偶然迎頭碰上的全壘打。我認為這個作者的心中確實地存在著『應當如此』的理想型」這樣的讚美之詞。

之後的乙一很快就席捲大眾的目光，不但在恐怖驚悚小說中展現出他驚人的才

註：以下為其小說得獎紀錄：

〈夏天・煙火・我的屍體〉（1996）：第六屆「JUMP小說，非小說大獎」。

《GOTH 斷掌事件》（2002）：第三屆「本格推理小說大獎」、「本格推理小說BEST 10 2003」第五名、「這本推理小說了不起！2003」第二名、「週刊文春推理小說BEST 10 2002」第七名。

《槍與巧克力》（2006）：「這本推理小說了不起！2007」第五名。

華，巧妙翻攪人類黑暗心靈湧現出的真實幻境，也寫出一篇篇如讚歌般清新節制、凝視希望的青春小說。於是，從此之後，就有人用「黑乙一」、「白乙一」稱呼乙一，以區別其大相逕庭的寫作風格。

不過將乙一的寫作路線區分為黑白兩面，似乎就會任意地將目光投射向遠方，而忽略他小說中黑白邊界模糊的部分，進而產生對其作品的錯誤理解。與其任意採用二分法，毋寧把注意力放在小說的核心出發點——也就是人——之上。

乙一筆下的小說人物，往往都有很明顯的「拒社會性」，不管在青春小說或是恐怖小說都一樣，每個主角與世界的關係都好像隔著張半折射的薄膜一般，往往由外往內看看不出什麼異狀，角色們卻是看到扭曲、變形、不適合自己生存的世界，在這張狂世界的映襯下，半映上去的自己身影便顯得卑微而不可直視了。

而這隔膜與角色之間的斷層，並不是「適應不良」或是「情感障礙」就能交代過去的，該說是更為深入內在，從根柢上與世界缺乏溝通能力的痛苦。這種與社會的阻絕性，為乙一的小說找到了基本調性，文字並不能說冷漠，卻呈現出一種由玻璃與鋼鐵組成的世界：冷調、壓抑，只是在玻璃中透出來的，究竟是陽光還是更深的黑暗的差別。《暗黑童話》一書的開端就是最佳的例子，作者用一種相當無所謂、不當一回事的口氣在講述整個故事，讓顫慄感跳過了文字，直截了當地傳達到讀者的心中，更樹立作者本身相當重要的無機風格。

乙一小說中的情感，都是間接地傳遞出來，所有的愛戀、悲嗔、怨痛，都好像電波沒有對好焦，無法從文字內容中直接讀出來，但我們又能在動作與動作間短暫的空隙中，「感受」到近乎本質的心理狀態，只是無法「觸摸」那些情緒波。

這種心情的描寫，似乎跟乙一本身的經歷也有關係，他在高中時期，在學校是完全不會跟人講話的，他好像一個移動型孤島，整天從家裡漂到學校、又從學校漂回家裡。也難怪他寫得出《在黑暗中等待》中的極佳比喻：「覺得自己在名為『世界』的這道菜色當中是一塊沒能溶化，還殘留有固體形態的湯塊。」

說到底，又有誰能在「世界」這道菜中真正溶化的？以乙一自己為例，他是久留米工業高等專門學校、豐橋技術科技大學生態工學系畢業，可是他的文字成熟而纖細，毫無理科類組的一板一眼；他大學時參加科幻小說研究社，卻不擅長寫架空小說；他是熱愛電影的動漫畫世代，不過小說中毫無類似的氣息；他喜歡的推理作家是森博嗣與島田莊司，反倒塑造了與他們倆截然不同的想像世界。如果要從外部來定義些什麼，不如說乙一本身就是這麼個與外部世界共存卻不相涉的人。

或許正因為這種沒有溶化完全的狀態，讓乙一注視世界的眼光與一般人不同，他所寫的情節，都是每個日本人會經歷過的歲月，即使不是日本人的我們，也一定曾經感受過類似的孤單、恐懼、期待與嚮往。這些人類共通的心情，在乙一的細緻描寫下，成了動人的主樂章。

在寫實的基礎之上，乙一才能展現出屬於他的幻想層面，讓想像力盡情奔放，於是我們看得到超現實的狐狗狸逐步進佔寫實領域，讓不存在的東西召喚出不存在的恐懼（〈天帝妖狐〉）；在公園中再普通不過的沙坑裡觸碰到不可能出現在那的人頭（〈從前，在太陽西沉的公園裡〉）；明明就同在一間房子，父母卻互相深信對方死了，只有「我」見證他們的存在（〈*SO-far*〉）。即使是幻想的，但因為在寫實層面處理得好，讀者輕易就相信了作者，也在這種信賴基礎上，作者能輕易地讓讀者的心情翻來覆去。

在〈平面犬。〉中有個極為驚悚的開頭，一時興起去刺青的少女，手腕上的小狗刺青有一天卻奇妙地動了起來，驚懼之餘，人犬間卻培養出奇妙的共生感，讓故事一路奔騰向不可思議的方向邁進；〈A MASKED BALL——以及廁所的香菸先生的出現與消失——〉則在一開始以極為常見的廁所塗鴉開始，製造出推理小說的氣氛，並隨著事件的發生瞬間扭轉為驚悚小說，同時也醞釀著恐怖與溫馨的情緒。

這就是乙一，你永遠無法為他歸類，在歸類之際他又隨即變換成另一種姿態，他由那名為「人」的內核找到動力，往外爆發出名為小說的煙花，每朵煙花各不相同，在轉瞬間帶給我們無窮的嘆息。

每個時代的文學都有專屬的煙火，而乙一，就是我們這個時代，最盛大的傳奇。而傳奇，終將繼續下去。

本文作者介紹

目前以中部某國立大學中文系博士生、推理小說評論者與文藝評論者三個身份來往於各個領域間，與推理小說共生已多年，期待台灣的推理小說質量能早日到足以寫論文的地步。

夏天・煙火・我的屍體

竹籠眼、竹籠眼
籠中的鳥兒
何時何時放天飛
黎明夜
鶴與龜，滑一跤
背面的正面
是～誰〔註1〕

第一天

我九歲，夏天。

祭祀神明的神社裡，深綠色的樹木枝葉繁茂，在鋪滿沙礫的地面投下樹蔭。從彷彿要捕捉夏天的太陽而朝天伸展的樹枝當中，蟬鳴聲傾注而下。

「哥哥他們還沒講完嗎？五月妳覺得呢？」

彌生問我。她的指尖搓弄著長長的黑髮，眉頭深鎖，聲音有些怒意。

「妳問我，我也……」

橘彌生是我的同班同學。她和我最要好，我每天都和彌生還有她哥哥阿健一起四處玩耍。

我們兩個人坐在神社樹蔭下的木造社殿（註2）的樓梯上。阿健去參加幾天後村裡即將舉行的小型煙火大會的討論，我們伸長著脖子等待討論結束。

「真的好慢唷，讓我們也一起上去那裡就好了說……啊—啊，好無聊唷——」

註1： 此為日本傳統兒童遊戲「竹籠眼（かごめかごめ）」的歌詞。玩法為做鬼的人矇住眼睛蹲在中間，假裝籠中鳥，數人在周圍牽著手，一邊唱歌一邊轉圈圈。歌唱完畢的時候，中間的人要猜出背面的人是誰，被猜中的人要代替原來的人當鬼。歌詞的起源不明，其中的意義也有諸多說法。

註2： 神社當中，用來祭祀神明的神殿建築。

我們望向神社寬廣的土地中的石造建築物，大約倉庫大小、以石頭堆積而成，就像一個只剩下石牆的小城堡。它的上面以前一定蓋著宏偉的建築物，可是現在石牆上什麼也沒有，只看得見幾個男生坐在上面。它的高度和住家的屋頂差不多，聽說最近有個鄰村的小朋友想要爬上去，卻摔下來受傷了。現在，村裡的高年級男生們正在上面討論著煙火大會。

「真好，男生都可以上去那裡。」

我羨慕地望著石牆呢喃。石牆周圍生長著高大的樹木，看起來很涼爽。爬上去的話一定相當舒服吧，可以看到很遠的地方吧；可是女生不可以上去。要是女生想爬上去，村裡的男生就會生氣。「讓我上去」，我們不可以對高年級的男生說這句話的。可是，我曾經從阿健那裡聽說過，知道爬上石牆的話，可以看見我家的屋頂。石頭很冰很舒服。石牆上有一個洞，小孩子都把零食的碎屑丟進裡面。還有那個洞相當大，他們會警告低年級的男生不要掉下去。我從阿健那裡、知道關於那道石牆的所有事情。

「就是啊。彌生好想當男生唷。要是男生的話，就可以上去石牆，也可以跟哥哥一起玩了呢。」

村裡的男生不讓女生跟他們一起玩。

我們無聊地望著男生，等待他們開會結束。神社裡有鐵棒跟盪鞦韆，還有溜滑梯，可是我現在不想玩。因為高掛在天空的夏日艷陽，把那些東西烤得熱呼呼的，碰上去又燙又有鐵鏽味。與其那樣，我更喜歡坐在涼爽的樹蔭下。

可是彌生好像不這麼想。彌生彈跳似地站了起來，像要發洩之前的不暢快似地伸了個懶腰，對我說：

「喏，我們來玩好不好？彌生快無聊死了啦！」

「可是樹蔭外面很熱耶，我喜歡涼爽的地方。」

「那樣的話，要玩什麼好呢？」

被彌生這麼問，我想了一下。

「我想玩『竹籠眼』。」

「那個兩個人不能玩啦……」

彌生一臉傷腦筋地又坐了下來。

我們坐下來的地方是社殿的木頭樓梯，是道約有五、六階的老舊樓梯。

這是神社舉行夏季煙火大會，或是在廣場圍繞著巨大篝火的冬季「咚咚燒」(註1)時，會擺上香油錢箱的木頭階梯。社殿是用老舊而乾燥的木頭蓋成的，位於村子中心的神社，只有在一年數次的節慶時才會成為主角，盛裝打扮。

可能是油蟬(註2)就停在附近，光是「唧——唧——」的聲音，就教人悶熱難耐。只是用手指在沙礫上畫圖，也熱得渾身冒汗。藍天裡，堆積如山的積雨雲形成動物的形狀飄浮著。

「哇，好厲害。妳在畫狗對不對？跟那個雲的形狀一樣。」

彌生交互望著天空和地面，感動地對我說。

「猜對了，要是66也有這麼可愛就好了呢。」

我說道，兩人一起笑了起來。66是定居在這個村子裡的狗，是隻兇猛、愛偷鞋子的白色雜種狗。

就在這個時候，彷彿聽見了我們的笑聲傳來了狗的低吼聲似地、那聲音好像在責備我們的笑聲一般。

「哇！是66！」

一隻白狗就站在那裡。在近處一看，牠的體型相當碩大，露出的利牙及凶狠的眼睛，光看就教人背脊發涼。

「彌生，我們快逃……」

這是被66盯上的村裡的小孩會採取的行動，可是彌生沒有跑。不，她是動彈不得。就連提議要跑的我，也像被蛇瞪住的青蛙一般無法動彈。我覺得只要一動，66瞬間就會飛撲上來。

彷彿叫我們從這裡滾開似地，66一步步地逼近過來。

我和彌生的腦中浮現被66咬傷的高年級生的傳聞。傳聞的內容是那麼樣地生動逼真，煽起了我們的恐怖感。

可是這個時候，一顆大石頭突然砸上了66。被那顆石頭打到屁股，66哀叫了一聲。

「哥哥！」

站在那裡的是阿健。阿健溫柔地望著66，卻再一次朝牠扔石頭。66瞪著阿健，發出宛如從墓地裡傳出的低吼聲，不甘心地不斷回頭望著阿健離開了。66難得地成了喪家之犬。

「妳們沒事吧？」

註1： 咚咚燒（どんど焼き）為每年一月十五舉行的火祭。燃燒門松、竹枝、注連繩等祈福。有些地方會配合火勢，吆喝著『咚咚』聲，故稱『咚咚燒』。

註2： 油蟬，學名為Graptopsaltria nigrofuscata，是日本及朝鮮最常見的一種大型蟬。體長約五～六公分，軀體為黑色或深褐色。於盛夏出沒。

阿健露出安撫小女孩的溫柔笑容。和他溫柔的舉止相反，阿健擁有擊退66的勇氣。他比我們大兩歲，是彌生引以為傲的哥哥。

「嗯，不要緊！煙火大會討論完了嗎？那我們回家吧，或許綠姊姊帶冰淇淋到家裡來了呢！」

彌生說著，撲上阿健。

可能是從66的恐怖中解放而鬆了一口氣，我羨慕地望著彌生，癱坐在木頭階梯上。

「是啊，要是綠姊姊去家裡就好了。話說回來，五月妳不要緊吧？」

阿健看著我問道。我朝著那張笑容滿面的臉點了點頭。

阿健跟彌生的家離神社相當遠。稻田被夏季強烈的陽光染成一片鮮綠色的地毯，我們彎彎曲曲地走過它所包圍的石子路，來到橘家。田裡沒有引水。這叫曬田，是故意讓稻子口渴，好等待它把手伸進泥土中吸水。曬田會在夏季的炎熱日子中進行幾天，每當看到乾涸得龜裂的地面，我就覺得稻子好可憐。可是為了讓根變得強壯，這是很重要的步驟。

如同大家期待的，綠姊姊來了。

「哇，是冰淇淋！謝謝綠姊姊！」

「不客氣，彌生。來，趁著還沒融化，大家快吃吧。」

綠姊姊笑著對我們說。

這裡是橘家的客廳。我和阿健、彌生、綠姊姊還有橘阿姨，一起圍在活躍的時期已經過去，拿掉上頭棉被的暖爐矮桌旁。一到夏天，暖爐矮桌也換季成了矮飯桌，上面正擺滿了堆積如山的杯狀香草冰淇淋。

「小綠，每次都讓妳拿這麼多來，真不好意思呢。」

「阿姨，不用客氣，反正這跟免費的沒什麼兩樣。不過要買冰淇淋的時候，請記得惠顧我們公司唷！」

綠姊姊這麼說地對阿姨宣傳。聽說綠姊姊是阿姨姊姊的女兒。純白色的衣服和白皙的肌膚，讓她有一種村裡的女人罕見的清潔感；彷彿把外頭的陽光就這樣帶進來似地，即使在有些陰暗的屋子裡，她看起來也光彩奪目。綠姊姊高中畢業後，今年開始在冰淇淋工廠上班。她也住在這個村子裡，一到假日，有時候就會帶著工廠的冰淇淋來拜訪橘家。

我們就像狗一樣不停地舔著冰淇淋，直到舌頭冰得麻痺為止。橘家的人待我就像自己家的人一樣。

「喏，開電視嘛，要播卡通了。」

彌生對阿姨說。阿姨沒對女兒說什麼，為她開了電視。在我們家，要是吃飯的時候說要看電視，肯定會被唸上一大串。我好羨慕彌生有個這麼溫柔的媽媽。

按下電視機上面的開關後，「滋滋」的聲音響起，電源打開了。畫面暗了一會兒，不過影像一下子就出現了。

出現在上面的是一張男孩子的照片。

「又是這個新聞呢。真可憐……」

綠姊姊看著男孩子的照片，哭泣、哀傷似地低語。這個男生是一星期左右前失蹤的小學生。加上這個孩子，已經有五個小孩失蹤了。大人們都在傳說，他們會不會被綁架了。

「是啊。咦，這孩子住的地方不是離我們村子蠻近的嗎？」阿姨說。

不只這個男生，其他疑似被綁架的小孩也都是附近縣市的男生。

「阿健，你也要小心點唷。你長得很可愛，很可能被綁架唷。」綠姊姊像炒熱氣氛似地笑著對阿健說。她做出飛撲上去的動作時，長及腰部的纖細髮絲輕飄飄地搖晃。

阿健聞言，紅著臉點點頭，他在綠姊姊面前常常都這樣。

客廳裡掀起一陣笑聲，彌生卻反抗似地大叫：

「喂，快點轉台嘛！卡通要開始了啦！」

「是、是。真是的，這孩子只要有吃的跟卡通，就會乖乖閉嘴了。」離電視最近的阿姨一副拿她沒辦法的模樣，轉動電視機的旋鈕。

到六點之前，電視接二連三地播放卡通節目，在那之前我們就把大量的冰淇淋一掃而空了。六點以後不曉得為什麼就只剩下新聞節目，我們一下子就覺得無聊了。

所以我們決定到橘家後面的大森林去玩。

夏日的午後六點還很明亮。森林的樹木枝葉形成天花板，從隙縫間灑下來的光束在裸露出石頭和樹木根部的地面形成花紋。四周充滿了森林的氣味，好像只要深深吸氣，就會嗆到。

阿健說要送綠姊姊回去之後再過來森林，因此我們兩人先爬樹。這是每次來到這個森林，我們都一定會做的事。

順著森林的上坡走去，有一個稍微開闊的地方。對面是一個斜坡，可以從南側一眼望盡整個村子。那片廣場長著一棵高大的樹木，那棵樹木南側的樹枝從頗低的地方生長出來，最適合爬樹了。是阿健發現它的，從那個時候開始，樹上就成了我們三個人的祕密基地。

「哦，五月家吃飯的時間不可以看電視啊，彌生家都不會說什麼耶。」

「真好，我也想生在彌生家。」

「……彌生想生在別人家。」

不曉得為什麼，彌生收起了笑容這麼說，然後她跳到擺在樹木旁邊的大石頭上，這樣一來就能輕易爬上最下面的樹枝了。那塊石頭是為了讓個子還小的我們容易爬上樹，阿健從附近搬過來的，我想那應該是件辛苦的大工程。

「彌生為什麼想生在別人家？」

我也用石頭當腳墊，開始爬樹。阿健曾經教過我們，要以什麼樣的順序、從什麼樣的路線爬，才能輕易地爬上去。上面長著一根粗壯的樹枝，它就是目標地點。從那裡俯瞰的村子風景，比從底下的廣場看起來要更美麗得多，遠處可以看到小小的神社和石牆。恰好可以三人並肩坐下的那根樹枝，是只屬於我們三個人的祕密。

「喏，為什麼嘛？」

「唔……，因為……和哥哥……」

「和阿健……？」

聽到意外的名字，我仰望彌生。先開始爬的彌生，已經坐上目標的大樹枝了。

我也一伸一屈地動著手腳，就像爬樓梯一樣輕易地抵達了那裡。

坐上大樹枝後，我深呼吸了一口氣。和森林裡隱密的空氣不同，這裡的空氣非常涼爽。

擴展在底下的碧綠稻田當中，看得見反射出光線的紅色與銀色的帶子，還有黃色的眼珠子，田裡偶爾也會豎著「稻草人」。它們都是用來從麻雀嘴下守護稻田的。有時還會聽到撞進腹底一般、在腦內留下震動般的爆炸聲。那是稱為「驚雀」的裝置發出的聲音，是使用定時器的空氣式機械。阿健說，那是用聲音來嚇跑麻雀的。

我俯瞰著這樣的世界，問彌生：

「難道妳是因為不能跟阿健結婚，所以才想生在別人家嗎？」

彌生把原本就圓滾滾的眼睛睜得更圓，轉向一旁的我，然後她沮喪地點了點頭。

「……彌生也想叫哥哥阿健……」

她嘟著嘴巴，晃著腳說道。

這根樹枝位在相當高的地方，不過我想不會有人從這裡掉下來去。因為粗糙的樹皮一點都不滑，小孩子又很輕巧靈敏。

「可是阿健喜歡綠姊姊，不是嗎？」

「彌生知道啦……」

我心想，她的長髮是學綠姊姊留的嗎？彌生是一年前左右開始留頭髮的，而彌生和我都喜歡綠姊姊。綠姊姊對於其實是外人的我也一視同仁，也會請我吃冰淇淋。她還稱讚媽媽買給我的花拖鞋很可愛，難怪阿健會喜歡她。

因為是兄妹，所以不能結婚。即使如此，我還是很羨慕總是能夠在一起的兩人。

「妳知道啊。……那，妳知道我也喜歡阿健嗎？」

我後悔揭露了彌生的心事。覺得這樣實在太不公平，所以也紅著臉告白了。

「咦!?」

彌生發出微弱的尖叫般的聲音，吃驚地看我。現在還不到夕陽西下的時刻，彌生的眼睛卻變得赤紅。

「我也……喜歡阿健……」

我自我陶醉般地再一次悄聲呢喃。

此時，我看見阿健從遠方走來。他送綠姊姊回去之後，正前往這裡。

「喂！喲喝！」

我大聲呼喚阿健，用力揮手。阿健也注意到我，活力十足地揮舞雙手回應。我高興極了。

可是，阿健的影子卻被森林的樹葉形成的天花板遮住，看不見了。接下來這段時間應該都看不到他的人影，即使如此我還是探出身子，想從樹枝和樹葉的隙縫間看到一點阿健的影子。

「啊，看見了！」

我瞥見阿健跑過來的身影。

就在這個時候。

隔著薄薄的上衣，我的背後感覺到一雙灼熱的小手，是彌生的手掌。當我這麼想的瞬間，那雙手用力把我推了出去。

我失去平衡，就這樣從樹枝上滑落。簡直像慢動作一樣，四周的景色緩慢地向上流去。我劈里啪拉地壓斷了好幾根剛才爬上來的樹枝，不停地往下掉。身體結結實實地撞上一根樹枝，我聽見自己撞壞的聲音。身體往奇妙的方向扭曲，我吐出不成聲的吶喊，更繼續往下掉。我最喜歡的拖鞋在半空中掉了一隻，令人傷心極了。

最後，我的背部撞上拿來墊腳的大石頭，然後我死了。

從鼻孔、耳朵、還有總是流出眼淚的地方等等，全身的洞穴流出了赤黑色的血液。雖然量只有一點點，但是一想到阿健會看到我這樣的臉，我就難過起來。

折斷的樹枝沉重地掉到附近，從更高的地方紛飛下來的樹葉撒落到我身上。

「喂──那是什麼聲音？好像樹枝折斷……」

這麼說著跑過來的阿健，看到我的屍體，停下腳步。

彌生哭著爬下了樹。墊腳石被死掉的我占據，她為了不踏到我，從最後的一根樹枝高高地跳下地面。接著她哭喊著緊緊地抓住了阿健的胸膛。

「彌生，這到底是怎麼回事？」

阿健就像哄小孩別哭似地，對著彌生和我的屍體溫柔微笑地問道。然後他一邊走近我一邊說：

「五月怎麼死掉了？彌生，妳光是哭我怎麼會知道呢？告訴我發生了什麼事吧？」

阿健簡單地確認我死掉之後，面帶笑容地對彌生說。看到他的笑容，彌生停止哭泣，卻依然痛苦地、結結巴巴地哭著說：

「那個……我們坐在那根樹枝上說話……結果五月就掉下來了……」

「這樣啊，她掉下來啦。那樣的話就沒辦法了。彌生又沒做什麼壞事不是嗎？所以別哭了。」

阿健就像大人說服小孩般地說道，然後他再次轉向我。

「總之，我們先去告訴媽媽吧。彌生，走吧。」

阿健說完，想要丟下我，拉著彌生的手離開。可是彌生不願意地拚命搖頭，不肯離開原地。

「彌生，怎麼了？」

「可是……可是，媽媽要是知道這件事，一定會很傷心的！彌生不要！」

彌生叫道，又開始哭了。

她的哭聲中有著恐怖與不安，那是擔心她把我推下去的事實可能會曝光的感情，現在的我清楚地察覺到這一點。

「……說的也是，綠姊姊一定也會傷心的……」

阿健呢喃道，接著彷彿想到什麼好主意似地，臉上綻放光芒。

「對了，把五月藏起來吧！只要不被人發現她死在這裡就行了！」

聽到這個提議，彌生悲傷地、卻又高興地仰望阿健。

我一直睜大著的雙眼，只是羨慕地凝視著這樣的他們。

「可是要怎麼做呢？就算要埋起來，這裡也沒有鏟子啊？」

「我知道，所以才搬到這裡來的啊。交給我就行了，彌生什麼都不用怕。」

面對害怕著什麼似地擔心的彌生，阿健露出融化掉一切擔憂的溫柔笑容回答。他慎重地揹著我，小心不讓我流出的血沾到身上。

這裡是森林的邊緣，是通過森林旁邊的荒涼道路與進入森林中的道路相連接的地方。

「哥哥，你要在這裡做什麼？要怎麼樣把五月藏起來呢？」

像是回答彌生的疑問似地，阿健把我放到地上，然後輕輕拂開附近的地面。出現在底下的是被水泥蓋蓋住的水溝。

阿健半蹲著使力，打開一枚彼此相連、如砧板大小的蓋子。出現在森林泥土底下的那條水溝，應該與田地旁邊縱貫的溝渠相連接。可是現在裡面已經乾涸，水溝裡只有一片空蕩蕩的空間。阿健再打開幾個蓋子，露出來的溝幅相當寬闊，恰好可以容得下我。

阿健把我放進水溝後，想要照原樣蓋上蓋子。水泥做的蓋子一片就應該相當重了，然而阿健卻默不吭聲地工作著。

「啊，哥哥，等一下！」

聽到彌生的叫聲，正要蓋上最後一枚蓋子的阿健停下了手。

沒被蓋上的最後一枚蓋子的開口處，露出了我的腳尖。一隻腳上穿著拖鞋，另一隻腳光著，沾上了泥土。光著的那隻腳被這樣目不轉睛地盯著看，令我覺得有點難為情。

「……說的也是。得把不見的另一隻拖鞋找出來才行呢……」

阿健若無其事地呢喃後，把我關進黑暗當中。他也沒有忘記在關起來的蓋子上鋪好泥土，好讓它看起來根本沒有水溝這種東西。

太陽幾乎西沉的時候，阿健和彌生兩個人合作，把那裡佈置得和四周圍的土地一模一樣了。

一家人齊聚在橘家客廳的時刻。代替矮飯桌的暖爐矮桌上擺著晚餐，小小的客廳裡充滿了香噴噴的味道。阿健的爺爺跟奶奶做完田裡的工作，好像才剛回來。橘叔叔穿著無袖內衣，一邊吹著電風扇強風，一邊看電視棒球實況轉播。

「爸，轉台啦！〈太空船薩吉塔流斯〉(註)已經做了不是嗎？那是彌生每個禮拜都要看的節目耶，對不對？」

阿健說，向彌生徵求同意。〈太空船薩吉塔流斯〉是個卡通節目，是三個可愛的角色同心協力，搭乘薩吉塔流斯號在宇宙旅行的故事。彌生不曉得是不是沒在聽，她嘴裡含著飯，慌忙點頭。

「好啦好啦，知道啦。反正老爸的意見總是沒人理。」

叔叔鬧彆扭似地轉動電視機的旋鈕。

「還有讓電風扇的頭轉啦，我們也很熱耶。」

叔叔什麼也沒說，按下電風扇的旋轉機能開關。這台老舊的電風扇是那種按下旋轉風扇馬達部位像栓的地方，頭就會開始轉動的機型。

註：原名『宇宙船サジタリウス』，為朝日電視台於一九八六年至一九八七年間所播放的動畫節目。以外太空為舞台，描寫主角與周遭人物的日常生活與冒險，在當時受到很高的評價。

聽到轉頭，彌生的肩膀倏地一震。她想到我往奇妙的方向扭曲的頭了。

不理會那樣的彌生，卡通開始了。爺爺跟奶奶聊著稻田的事，西瓜田裡的西瓜已經長大的事，還有家裡的草蓆已經舊了，該丟了的事。

就在這個時候，橘家的玄關傳來「有人在嗎？」的叫聲。阿姨高聲應道「來了」，走出客廳。

聽到玄關傳來的聲音，彌生猛地顫抖。阿健應該也知道那個聲音是誰的，卻絲毫沒有動搖的樣子。他只是默默地看著卡通，吃著飯。

一會兒之後，阿姨回到客廳來了。她好像讓客人在玄關等著，簡短地對兩人詢問：

「欸，五月的媽媽來了，她說五月還沒有回家耶。你們知不知道五月去哪裡了？」

聽到阿姨的問題，彌生握著筷子的手發起抖來。阿健像要止住她的顫抖似地回答：

「嗯，不曉得耶，我們跟五月在森林裡就分手了，平常都是這樣啊！」

「咦，這樣嗎……」

阿姨暫時保留想說的話，折回玄關，向我媽媽報告去了。媽媽聽到回答，無力而遺憾地，快要哭出來似地說了句「這樣啊」，回去了。她的背影看起來好小，跟平常像魔鬼一樣大吼「吃飯時不要看電視」的媽媽簡直判若兩人，讓我好難過。

目送媽媽離開之後，阿姨回到客廳，開始對家人說起剛才的事。

「真令人擔心呢，天色都已經這麼暗了，五月是去哪裡了？最近綁架案又那麼多，真的好讓人擔心呢。」

阿姨說，夾了一口白飯送進嘴裡。每當阿姨一說「好擔心呢」，彌生的頭就無力地、彷彿要躲開阿姨的視線似地逐漸往下垂。

「五月她媽媽在整個村子裡面找嗎？」

發問的人是阿健。

「嗯，好像。五月是獨生女，所以更是擔心呢。到底是怎麼回事呢？媽媽跟五月媽媽說，去報警比較好。」

「報警!?」

兩人異口同聲地轉向阿姨。彌生用絕望的眼神、阿健用有些高興的眼神看著阿姨。

「喏，搞不好跟最近的綁架案有關，不是嗎？你們最後看到她，是在森林裡面吧？搞不好明天左右就會去搜索森林，也有可能是被困在森林裡了。五月媽媽也說，她接下來要去森林找找看。」

聽到森林，兩個人大吃一驚，確實最可疑的地方就是那裡。說到這一帶有人可能會遇難的場所，就只有橘家後面的大森林了。

聽到我媽媽接下來要去森林找，彌生的表情僵住了。我的屍體不可能會被發現，流出來的血跡也被兩人確實湮滅了。只是他們怎麼找都找不到我掉了的一隻拖鞋。阿健爬上樹木，仔細地調查有沒有勾在樹枝上；彌生也在地面四處尋找，找得腰都痛了。

如果拖鞋就這樣沒被找到的話，警察或許會把它當成綁架案，而不會去搜索森林。但是如果我媽媽找到拖鞋的話會怎麼樣？大家會認為我就在附近，進行搜山嗎？媽媽不可能會認錯我的拖鞋。因為媽媽看到我高興的臉，也露出一副欣喜的模樣……。

「真的讓人好擔心呢。媽媽要不要也一起去幫忙找五月呢……」

不曉得是不是沒聽見阿姨的話，阿健愉快地看著卡通。

阿健跟彌生睡在同一個房間裡。八張榻榻米（註）大的房間，對兩個人來說是太寬廣了一些。

今晚是個悶熱的夜晚，為了涼爽一些，窗戶大大地開著。這裡是個不會有小偷要來的地方。只點著電燈泡的橘黃色燈光中，房間中央並排著兩床被子。阿健在被窩裡發出安靜的呼吸聲。但是彌生似乎一閉上眼睛，腦海裡就浮現出黃昏發生的事，讓她無法成眠。房間裡吊著綠色的蚊帳，覆蓋住兩個人，保護他們免於蚊蟲叮咬。

「喂，哥哥……」

忍耐著悶熱鑽進毛巾被裡的彌生，用哭泣般的聲音喚道。她的前髮被汗水黏貼在額頭上。

「……嗯？」

阿健睏倦地呢喃，坐了起來。可能是嫌熱，蓋被和毛巾被都推到一邊去了。他站起來想要打開電燈。開關的拉繩上加繫了一條細長的繩子，平常可

註：兩張榻榻米約為一坪大小。

以躺著直接開燈，但是現在被蚊帳擋著，抓不到。阿健想要拉動盤繞在蚊帳上頭的繩子，但是隔著蚊帳，滑溜溜地抓不著。

「不用了啦，哥哥，不用開燈……」

「彌生，怎麼了嗎？」

阿健睡眼惺忪地說。他好像還有一半沒睡醒。

「……我好怕。哥哥……我可以去你那邊嗎？」

流汗流得幾乎要冒出蒸氣的彌生，泫然欲泣、難為情地這麼說。

「……嗯，好啊……」

阿健冷淡地說，又倒向墊被。在悶熱當中，彌生就這樣捲著像要從什麼東西隱藏住自己似地披在身上的毛巾被，爬進阿健的被窩裡。然後她把變得熱呼呼的額頭貼上阿健的背，閉上眼睛。

不久後，房間裡的兩道呼吸聲混合在一起，消失在夏夜當中。

阿健和彌生、被藏在水溝裡的我的屍體、還有哭泣著在夜晚的森林裡尋找我的媽媽，全都被黑暗的帷幕覆蓋了。

第二天

隔天還是清晨的時刻，阿健和彌生去參加暑假期間神社舉行的廣播體操(註)。早晨的神社清新無比，愈是吸進依然清涼的空氣，就愈讓人感覺有如重生。剛才還只有零星幾隻在叫的蟬，隨著太陽升上空中，也開始了大合唱。

做完體操之後，村裡的小學生裡最年長的一個會幫大家在卡片上蓋印章。六年級的那個人好像對我沒來做體操的事說了些什麼，阿健卻一副事不關己的態度，充耳不聞。不過與其說是這樣，其實他是在傾聽別的聲音。

在後面，村裡的小學生家長們正壓低了聲音竊竊私語著，話題是我跟我媽媽的事。媽媽好像一整晚沒睡，到處找我。阿姨嬸嬸們憐憫地拿這件事當話題。昨晚的事已經傳遍了整個村子，所有人連警察今天中午就要搜索森林的消息都知道了。可是因為沒有任何的線索和證據，大家都對於是否能夠在森林裡面找到我，感到半信半疑。也有阿姨說我是被捲入那椿連續綁架案裡面了。

註： 廣播體操原為一九二八年遞信省（現日本郵政公社）簡易保險局所制定的國民保健體操，透過NHK（日本放送協會）的廣播普及到全國。暑假中，日本全國各自治區皆會於清晨舉辦廣播體操會，讓學童參加，亦有指導者巡迴全國舉辦的體操會等，為日本夏季的風情畫之一。

阿健聽著這些聲音。他在蒐集自己不知道的情報，結果阿健得知了警方要進行搜索的事，還有完全沒有人提到拖鞋這件事。

阿健靜靜地凝視遠方，思考著什麼。而彌生緊抓著他的手，不安地仰望那張臉。

做完廣播體操的回程中，兩人立刻前往森林。這是從神社回到家裡的途中，踩著被乾涸的水田包圍的石子路時，阿健提議的。

「拖鞋好像還沒被找到，我們先把它找出來吧！」那樣的話，就完全沒有我在森林裡的證據了。大家應該會認為我是被綁架，被帶到別的地方去了。阿健想把我的失蹤偽裝是綁架犯所做的勾當。

兩個人一面調查拖鞋有沒有掉在地上，一面進入森林裡頭。今天阿健打算調查陡峭的坡地那裡，所以他不是穿平常的草鞋，而是穿著打棒球用的釘鞋。調查斜坡之前，他先調查藏著我的水溝附近。可是還是找不到拖鞋，所以他盯著地面，和昨天相反地朝我死掉的樹木方向走去。阿健在想，拖鞋會不會是掉在把我揹到水溝的途中了。

「斜坡很危險，彌生可以先回去沒關係。接下來交給哥哥就行了。」

阿健體恤地說，但是彌生搖頭，緊緊抓住阿健的手臂。

「彌生要跟哥哥一起去！」

她這麼說，不肯離開。

「……那，彌生再去檢查一次五月死掉的那個地方吧。彌生記得那個拖鞋長什麼樣子吧？要加油唷！」

阿健把視線放到與彌生同高，教導小孩似地說。他的表情很溫柔，彌生的臉頰轉眼間就染得一片通紅。

「……可是，彌生叫的話，哥哥就要趕快過來唷。一定唷。一定一定唷！」

她叮嚀阿健說。阿健露出足以平撫他人顫抖的笑容，「好、好」地點頭。

兩人說著這些，依然沒有找到拖鞋，就這樣來到了我死掉的地方。俯瞰南側的斜坡般聳立、只屬於三個人的祕密樹木，彷彿昨天的事只是一場夢似地靜靜佇立著。用來墊腳的石頭也沒有血跡，昨天已經擦掉了。折斷落下的樹枝和樹葉也沒有散落一地，昨天阿健跟彌生已經清理乾淨了。照常理來看，剩下來的危險因素就只有不應該出現在森林裡的花拖鞋了。

或許是掉到這個斜坡下面了。阿健想著，俯視南邊的斜坡。村子的神社和小學，還有遠方小鎮的屋子看起來好渺小。

彌生也抱著同樣的想法凝視下方。對於沒有穿釘鞋的彌生來說，這個斜坡可能太吃力了。就算不會送命，也有可能滑倒而受重傷。

兩人決心開始搜索。

但是這個時候，彌生發出了叫聲。

「不好了！哥哥，那個！」

她伸手指的是斜坡上的細長馬路。馬路朝這裡延伸，正好通過我藏身的地方旁邊。那條路平常幾乎不會有車子經過，但是現在卻有兩台褐色的轎車往這裡開過來。

兩個人立刻就想到了，那恐怕是警察的車子。阿健以為搜查從中午過後才會開始。

阿健盯著一下子就接近那裡的車子，狀似愉快地動著腦筋。

彌生不安地扭曲了表情，緊緊抓住正要下去斜坡的阿健。

就在這當中，兩台轎車離開馬路，開進了森林。偶然的是，車子從我藏身的位置的正上方通過了。這個時候，泥土從水泥蓋的隙縫間撒落到我的身體上。可是我沒有辦法避開它，也無法閉上張開的眼睛和嘴巴。車子在連接森林小徑的廣場停了下來。

從車子上下來的是幾個登山打扮的男人。從那些人的對話，可以得知他們是前來尋找我的搜索隊。偶爾傳來的笑聲，也可以知道他們對於我在森林裡遇難的事感到半信半疑。

阿健和彌生身處的斜坡看不見這個情景。

阿健豎耳傾聽，確定搜索隊的車子停在森林，他好像已經預測到車子會停在森林的廣場。不曉得是因為猜中了，還是對於我所在的水溝上方的輪胎印感到諷刺，阿健的臉上浮現笑容。

「彌生，變更作戰。我們躲起來，然後從樹蔭下偷看警察的行動。」

阿健想要藉由這麼做，盡可能多知道一些搜索隊的調查結果。

阿健溫柔地握住彌生不安地發抖的手，走進平常不會進去、沒有道路的地方。

阿健注意不讓彌生跌倒、受傷，讓她容易行走，同時又不讓搜索隊發現地，小心地選擇方向前進。

通曉森林一切地形的阿健，十幾分鐘就掌握到搜索隊的人數和行動，甚至他們現在的位置了。

當然，搜索隊的人沒有發現他們正被偷偷窺伺著。

熟悉調查的搜索隊所進行的搜索行動，以及熟悉森林的兩個人所進行的跟蹤行動，在蟬鳴聲迴盪的夏季森林中展開了。

然而到了黃昏，搜索隊依然什麼都沒能發現。大家愈來愈懶散了。這也難怪。因為誰都不曉得我是不是真的在這個森林裡?自己在做的事是不是有意義?在一片有些倦怠的氣氛當中，搜索就要結束了。

阿健有點遺憾地望著這個情景，緊挨在阿健身邊的彌生吐出放心的嘆息。

四散在森林裡的搜索隊，聽到無線電對講機裡傳來作業中止的指令，都非常高興。他們前往集合地點的廣場聚集。

「大家都去集合了，我們也去看看吧！」

阿健低聲呢喃，拉起不安地縮起肩膀的彌生的手。目的地是看得見廣場的地方。他想順利的話，或許可以聽見什麼重要的情報。

但是，阿健在來到藏著我的水溝附近的樹蔭時，停下了腳步。

我所在的水溝附近，被森林的泥土巧妙地偽裝的那一帶，兩名搜索隊員正在對話。

彌生的臉色逐漸變得蒼白。阿健摟住彌生的肩膀，兩個人一起藏進草叢。他們屏住呼吸，聆聽兩人的對話。阿健甚至沒有滲出半點汗水，聽著對話聲。

「喂，別管那些了。今天已經收工了，快點回車上吧，不是約好了接下來要去喝酒嗎？」

「不能這樣啊，搞不好那個女孩子……是叫五月嗎？或許她真的被綁架，不在這裡了，但是你不覺得只有這一帶特別不自然嗎？」

一名搜索隊員指著森林的一角。毫無疑問，那裡正是我所在的位置。

那裡應該完美地偽裝得和森林的地面一樣了，阿健在心裡面這麼說。那張臉看起來也依然從容不迫。

另一個人一副沒什麼興趣地抽著煙。

「有嗎？哪裡啊？」

「你看，只有這一帶，釘鞋的腳印相當密集。是小孩子穿的釘鞋，棒球用的。」

做完廣播體操回來之後，兩人首先從那一帶開始尋找拖鞋。阿健為了下去斜坡而穿了釘鞋過來，這似乎造成了反效果。阿健默默地聽著接下來的對話，他露出了像是在盤算著什麼的眼神。

「喂喂，我們在找的是女孩子耶？而且聽她媽說，她穿的是拖鞋不是嗎？」

無視於毫無幹勁的搭檔，搜索隊員走近我藏身的地點，然後開始調查地面。

彌生懷著隨時都會被恐怖壓垮的心情望著這一幕。

終於，隊員開始用手拂開地面，在他身後的搭檔一臉受不了地搖頭。

「喂，今天的搜索已經結束啦。反正明天還要再來一次，到時候再來挖洞就行了吧。大家都在等我們欸？」

對這番話充耳不聞，逐漸靠近我的男人感覺到水溝的存在。

「喂，是水泥。是水路嗎？藏在地面裡。」

「那個不是啦。是泥土長期堆積，成了森林地面的一角，那是自然而然變成這樣的。」

即使如此，這名隊員似乎仍然無法滿足。

他緩緩地掀起砧板似的水泥蓋。

彌生發出只有氣息的微弱尖叫。

「喏，什麼都沒有啊？喂，走啦，我想早點擺脫這種土氣的工作！」

打開蓋子一看，裡面只有空洞而乾燥的空間，那裡稍微偏離了我被擺放的位置一些。要是他掀起來的是再往左邊三個左右的蓋子，我的腳尖一定會映入他的眼簾。

「何必這麼急？到死之前還得活上好幾十年呢！」

隊員在話語的最後使力，又掀開了左邊的一個蓋子。更靠近我一格了。

「落空。」

「囉嗦！給我記住，我再也不借你錢了。」

男人對同伴的奚落聲感到憤慨，手繼續抓住更左邊的蓋子。只差一個了。

「哥哥，我們快逃！跟彌生一起逃走吧！」

彌生似乎終於承受不住恐怖了，她哭著用力拉扯阿健的手臂。可是阿健沒有打算移動的樣子。目不轉睛地瞪著兩個人的那雙眼睛，不是軟弱的小孩子的眼神。

「真可惜，下一個蓋子也照這樣加油啊！」

「什麼照這樣……」

隊員抬起手中的蓋子，陽光斜斜地照上我的腳拇趾。我變得冰冷的身體的一部分，被注入有如生命的體溫一般的夏天熱度。如果男人的視線再稍微低一點的話，他應該就看到我的腳尖了。但是遺憾的是，他似乎沒發現我。不過只要掀起下一個蓋子，不管再怎麼樣遲鈍的人也一定會發現我的。

「哥哥！」

彌生用不讓周圍聽見，卻有如懇求般的聲音叫道。

阿健無視彌生，靜靜地撿起地上約拳頭大小的石頭。彌生不曉得他要做什麼。

「隨便你啦，可是下一個就最後囉！大家真的都在等了。」

「嗯，知道啦。這個就最後了，接下來的明天再弄……」

男人說，用手掰開水泥蓋。如果他的手的位置放個不對，應該就碰到我冰冷的腳尖了。

彌生全身的血液唰地倒流而去。

此時，阿健做出了只能以異常來形容的舉動。

他把手裡的石頭使盡全力往自己的臉上砸去。從正面，一次又一次毫不手軟地砸上自己的臉。

隊員的手使力，就要掀開我上面的蓋子了。

鼻血從阿健的鼻子泉湧而出。血流如注，一下子就滴滴答答地從下巴滴落了。

「哥哥！」

彌生忍不住發出連兩個搜索隊員都聽得見的驚叫聲，那是有如裂帛一般的尖叫。

突然響徹四周的聲音，使得被掀開到一半的水泥蓋從搜索隊員的手中滑落回去了。

兩個大人猛地轉向尖叫的方向。

被大人目擊到的阿健，整張臉染滿了血，偷偷地朝彌生使了個眼色後，慢吞吞地走出來。

阿健裝出大聲號哭的模樣，來到兩名隊員面前。彌生也緊緊地抓著他。

「哇！好嚴重的鼻血！」

「小朋友，你怎麼了？過來這裡，我幫你看看。」

看見滿臉是血的阿健，和我只相距十公分左右的搜索隊員往那邊走過去了。

此時，掛在隊員腰帶上的無線電對講機單方面地傳來「快點回來」的聲音。兩名搜索隊員苦笑。看樣子，今天真的得就此打住了。

「我記得車子裡面有急救道具。我帶這孩子去車子那裡，你把那些蓋子蓋回去。不蓋好的話，車子就過不去了。」

隊員說道，牽著哇哇大哭的阿健和不安地哭泣的彌生，走了出去。

「喂、等一下！為什麼我要幫你收拾殘局啊……」

被不理會搭檔叫聲的男人牽著手，彌生開始害怕了。她擔心會不會就這樣被帶到警察局去，不安得要命，一邊走一邊不斷地回頭。

在我旁邊，被留下來的隊員一面嘟噥抱怨著，一面蓋回頗重的水泥蓋。

「小朋友是在哪裡做什麼，才會受了這樣的傷？」

搜索隊的人溫柔地對假裝號哭的阿健問道。

阿健稍微止住哭聲，半帶嗚咽地回答：

「我在斜坡、滑倒了……」

然後他用一隻手捏住血流不止的鼻子。

男人似乎接受了阿健的答案，沒有再追問下去。

阿健的鼻血把衣服染成了赤黑色，卻依然流個不停。

紅色的血流沿著捏住鼻子的手，從手肘滴滴答答地掉落。

血跡也濺到靠在一旁的彌生身上，被她因為想要努力變成綠姊姊而留長的頭髮吸收了。

稍早一些的時刻，綠姊姊正坐在神社社殿的木頭階梯上。那是底下數來第二階，從上面數來的第三階。

今天要開始進行搜索我的行動，所以綠姊姊似乎正想去拜訪橘家，順便幫忙些什麼。

在途中，她一時興起來到了神社。

長髮從她寬帽簷的白色帽子裡垂下，白色的裙子只要有一點微風也會隨之擺動。裙襬很長，幾乎快碰到地面，所以綠姊姊用纖細的手指壓著裙子坐著。她仰望鳴叫不休的蟬，想起煙火大會就在兩天之後。

村裡的小孩挨家挨戶各募集三百圓所得到的錢，全部用來購買煙火。雖然都是些商店買得到的小型煙火，但是大家都很期待這場煙火大會。每年的這天晚上，村裡的大人們也會一起來享受、觀賞煙火，或者是來參拜神社祭祀的神明。

我記得現在坐的這附近還會擺上香油錢箱呢，綠姊姊回想起這些事，望著從樹葉間灑落的太陽光。不停地變化，模樣絕不重複的地面的樹蔭花紋，讓綠姊姊的心底充滿了複雜萬分的思緒。

「小時候也常在這裡玩喔。」

綠姊姊自言自語地說，用手撫摸老舊乾燥的木頭階梯。木頭的紋路浮現出來，觸感粗糙。

我曾經聽綠姊姊說，她也是這個村裡的小孩。她也告訴過我，她喜歡上住在附近的男生，最後卻沒有結果。綠姊姊笑著說，那個男生長得很像阿健。

「哎呀呀，這是在畫狗嗎？」

凝視著搖晃的樹葉剪影的綠姊姊，發現畫在自己腳邊的圖案。是我死掉的那天畫的狗。

「啊，好懷念呢。那個時候一點都不怕被泥土弄髒，總是像這樣畫畫圖呢。」

綠姊姊把臉靠近地面，想要看個仔細，及腰的長髮輕柔地搖晃。

此時，傳來了狗的低吼聲。

綠姊姊一驚，抬起頭來。眼前是一條蓄勢待發，隨時都會撲上來的白狗。

「哎呀，好久不見，這不是66嗎？」

原本戒備的66，搖著尾巴撲上綠姊姊。牠在白衣服上塗上泥巴，舔著綠姊姊的臉。

「話說回來，還真的好久不見了呢，66。我好像都是在這附近餵你吃東西吧？我那時很壞心，老是把餌丟到這個樓梯後面呢。」

66對綠姊姊擺出服從的姿勢。

我知道，這條狗的怪名字是綠姊姊取的。

「這麼說來，你的風評很差呢。」

綠姊姊用素淨的美麗指尖戳了戳66的鼻子。她的表情是遇見了兒時玩伴一般高興、有如太陽般的笑容。

「人家說你是鞋子強盜，你都把偷走的鞋子藏到哪裡去啦？」

66可愛地「嗚」地一叫，繞到綠姊姊原本坐的樓梯後面。因為側面沒有用木板封住，所以如果是狗的話，就可以繞進後面去。

綠姊姊了然於心，望向裡面。

「哦，有耶有耶。……虧你蒐集得到這麼多呢！」

來自全村、只有半邊的鞋子，在樓梯後面堆積如山。鞋子的數量讓綠姊姊目瞪口呆到了佩服的地步。

66就這樣趴倒在那裡了。

綠姊姊一臉拿牠沒辦法的樣子，準備抬起頭來。差不多該去橘家了。之後的調查有了什麼發現嗎？她想著這個問題。

但是，她正想抬起來的頭在途中停住了，有個令人在意的東西勾住了她的眼角。

那是66堆積如山的收藏品的一角。綠姊姊也不在乎會弄髒衣服，把手伸進裡面的鞋堆。66也沒有吼叫，只是一臉不可思議地歪著頭。

指尖勾到目標物，手從樓梯後面抽了回來。

從黑暗當中被拉出來的東西——是單腳的拖鞋，綠姊姊知道穿著上頭有花的拖鞋的女孩是誰。

綠姊姊瞇起的眼睛掠過一絲陰影。宛如窺伺著未來似地，她瞳孔深處的知性光輝增加了亮度；形狀姣好的眉間詫異地隱約皺出直紋，望向橘家的方向。

然後，她把我的拖鞋還給66，回去了，回自己家去了。

今天不去了，明天再去橘家吧。這麼說來，冷凍庫裡應該有工廠做的冰淇淋的試作品。今天午飯就吃那個，順便看看八卦節目連日報導的連續綁架案的後續發展吧。綠姊姊想著這些，穿過神社的廣場。

夏季的陽光炎熱刺人，即使隔著鞋底，沙礫的熱度似乎依然透了進來。

白天那樣吵人的蟬鳴也消聲匿跡的夜晚。

浮在空中的星星和月亮淡淡的皎潔光芒照亮了夜晚，四周被有如深海般的深深睡眠所籠罩。

隱藏著我的屍體的水溝蓋被阿健的手抬起來。在他旁邊，是一臉不安、一臉恐懼地望著我的彌生。

我移動的時間到來了。到了隔天，搜索隊又會來找我了。然後那個敏銳的隊員一定會找到我吧，阿健警覺到這件事情。

那之後，阿健被帶到兩台轎車停放的地方，接受鼻血的治療。他用大石頭毆打鼻頭，所以鼻子留下了很大的傷痕。接受治療後的阿健，被問到住址和名字等問題。他們好像知道阿健跟彌生是最後看到我的人，一報出名字，就有許多疑問等待著兩人。

有沒有看見可疑的人？面對這樣的問題，阿健也老實地回答「沒有」。彌生覺得隨便回答，讓他們以為我是被捲入綁架案就好了，但是她也配合阿健回答。阿健直覺到不要拿謊言鞏固周圍，而是只在最重要的部分說謊才是最安全的做法。他害怕說得太多的謊言會愈滾愈大，最後一口氣崩坍。

在彌生手裡的手電筒燈光當中，阿健架著我，把我從水溝裡抬起來。他的臉的正中央貼了個大大的絆創膏。

「彌生好怕、彌生好怕唷……」

彌生微弱地重複著這句話，環顧夜晚的森林。阿健在半夜爬起來的時候，緊貼著他睡覺的彌生也跟著起來了。阿健叫她待在家裡，但是比起夜晚的森林，被阿健丟下，一個人待在家裡一事更教她覺得恐怖。他們一起穿過蚊帳，慎重地走過老舊得發出有如鳥叫般傾軋聲的走廊，小心地不吵醒家人，帶齊了幾樣道具過來。

從水溝裡被搬出，比夜晚寒冷的戶外空氣更加冰冷的我，就這樣被阿健抱著，放倒在鋪在地面的草蓆上。我邋遢地往奇妙的方向扭曲的脖子和手腳，被阿健幫忙整齊地擺好了。我在草蓆上成了「立正」的姿勢。

「草蓆是不是剪得太小了？」

不曉得是不是為了給彌生打氣，阿健這麼說，微微苦笑。

昨天揹過我之後，阿健可能發現到我很難揹這件事，也或許是受夠了我無力地搖晃的手和腳。這次他用草蓆把我捲起來，打算累的時候，就和彌生兩個人一起搬。

阿健以裁縫用的剪刀把被丟掉的舊草蓆剪成我的身高大小，可是因為剪得太小了一些，被捲成海苔卷一般的我，腳尖和頭髮從兩端跑了出來。

接著，阿健從上面牢牢地綁住草蓆，好讓它不會自然而然地打開。

離開家的時候，彌生找不到合適的繩子，焦急萬分。阿姨老是說「總有一天會派上用場」，總喜歡把去商店買東西時包裝用的紙和繩子留起來，可是兩個人都不曉得收在那裡。又不能把阿姨叫起來問，好不容易可以派上用場的商店繩子，就這樣錯失了難得的機會。阿健想了一會兒，決定用繫在他們房間螢光燈開關拉繩上的繩子。就算不能躺在床上直接關燈也無所謂了。如此這般準備好的繩子，綁緊了裹住我的草蓆。

然後阿健蓋上水溝蓋，像擔木材似地抬著我，彌生戰戰兢兢地問他：

「哥哥，你要把五月搬到哪裡去？」

阿健一邊往自己家走去，一邊回答：

「我們房間啊。看到今天的搜索，我覺得那裡是最安全的地方。」

我被草蓆包裹著，所以手腳也沒有四處亂晃，安分地被搬運著。

「把五月藏在壁櫥裡，明天一整天都待在房間裡看著吧。可是也不能永遠放在那裡，得趕快找到下一個藏匿的地方才行。」

彌生的手電筒照亮阿健的腳邊。在光圈當中，阿健的表情看起來異樣地快活。

回到房間後，兩個人把我藏進壁櫥裡。

阿健彷彿藏匿寶物似地，就像企圖惡作劇的頑童一般，把我塞進去。

彌生彷彿藏匿恐怖與不安似地，就像要從神明的注視中隱匿自己的罪惡一般，把我塞進去。

然後，壁櫥的紙門靜靜地關上了。

第三天

早上做完廣播體操回家之後，阿健跟彌生嚇了一大跳。阿姨準備早餐的同時，也為兩個人做好了上學的準備。

「你們兩個，在那裡發什麼呆？今天是返校日吧？快點吃飯啊！」

她要兩人快吃早餐。

兩人完全忘了返校日這回事。

夏季早出的太陽已經熾烈地散發熱度，外頭充滿了眩目的光亮。

阿健把飯倒進海帶加青蔥的濃稠味噌湯裡吃著，看見阿姨就要走去他們的房間，這麼問道。

「媽，妳要去哪裡？」

「去摺你們的被子啊！還有蚊帳。你們自己的話，搆不到掛在天花板上的蚊帳吧？」

聽到阿姨的話，彌生害怕地望向阿健。因為平常用來收棉被的櫃子裡，現在正裝著我。要是阿姨打開那裡的話，他們做的事就會曝光了。這種不安浮現在彌生臉上。

可是，阿健沒有特別驚慌的樣子，一臉平靜地回答：

「不用了啦，偶爾我們會自己弄。凡事都要經驗不是嗎？所以媽也來一起吃飯吧！」

「你這孩子怎麼突然說起這種老氣橫秋的話來了。」

雖然嘴裡這麼說，但阿姨似乎高興少了一樣工作。

然後她走進廚房裡去了。

阿健和彌生扒完早餐，回到自己房間。

「哥哥，怎麼辦！我們去學校的時候，媽媽或許會打開櫃子啊！」

彌生對著踩著椅子，靈巧地解下吊在房間天花板四角的綠色蚊帳的阿健說。那張臉隨時都會哭出來。

「彌生，不要緊的。只要把摺好的被子蓋在五月上面，不會那麼容易被發現的。」

阿健笑容滿面，打氣似地說。

綠色的蚊帳被摺得小小的，收進壁櫥裡。壁櫥分成上層跟下層，被草蓆裹住的我放在平常用來收棉被的上層，上面再擱上蚊帳。

壁櫥的下層放著舊的坐墊和冬季衣物，還有以前使用的舊吸塵器等等。

「可是、可是……」

「不要緊的。」

雖然毫無根據，但是阿健微笑著這麼說，真的就讓人有種沒問題的感覺，不可思議。

彌生抹掉眼眶裡的淚水，摺起睡覺時總是拿來捲在身上的毛巾被。那條黃色的毛巾被是人家送的東西。

阿健折好兩條墊被，搬進壁櫥裡。最近彌生都和阿健睡在同一張床上，所以實際上沒有這個必要，不過還是兩張床都鋪了。

墊被沉甸甸地壓到我上面來。墊被相當沉重，我感覺到壓迫感。要是我還活著的話，在這種悶熱無比的季節，一定會難受到快要死掉吧。

「哎呀，腳跑出來了呢。」

壓在我身上的墊被似乎沒辦法連我的腳都遮住。剪得太短的草蓆也無法包裹住我的全身，所以我的腳——一隻腳穿著拖鞋，一隻腳光溜溜的——裸露在外面的狀態。我覺得有點難為情。

「哥哥，用這個。」

彌生遞出自己的黃色毛巾被。

阿健接過被子，蓋上我露出來的腳。

「嗯，剛剛好。」

阿健確定毛巾被完全藏住我的腳之後，高興地說。阿健高興，彌生也跟著高興。她的臉變得有點紅。

兩個人再一次確定沒有露出來的地方後，關上紙門。

然後他們把聯絡簿和寫到今天日期的暑假作業，裝進一個星期以上都沒有動到的書包裡。

「返校日只有早上，所以五月被發現的危險性應該很小的。」

阿健對彌生說，迅速地做好上學的準備。

然後兩個人一起出了玄關。蟬鳴聲已經響徹四周。依然持續曬田的稻子承受著滿滿的太陽恩澤，轉成了深綠色；樹木伸展手臂，想要抓住晴朗無雲的藍天。
早晨來到除了我之外的一切事物上頭，除了我之外的大家都活著。
我們的小學裡，一個年級只有一班，所以同歲的我和彌生是在同一班。現在是早上的班會時間。
「老師，五月還沒有來。」
看到我的座位空著，隔壁的女生向老師報告。我不見之後，今天才第三天而已。班上的小朋友們什麼都還不知道——除了一個人之外。
彌生一臉蒼白，不住地發抖。她拚命地從那個女生、從我的座位別開視線。
「……五月她感冒，今天請假。大家也要小心，不要在夏天感冒囉。」
級任導師強作笑容這麼回答。看樣子老師已經從我媽媽那裡聽說了事情原委。
班上的同學活力十足地合唱著：「是——」。每張臉上都洋溢著天真的笑容，燦爛得宛如他們的將來已經獲得保證、讓人想要保證他們的未來。

「哥哥……」

彌生不讓任何人聽見地、有一半在心裡面呼喚，微弱地哭泣。她縮起身體，雙腳抖個不停。她覺得只要叫「哥哥」，阿健就會來救她。

不要緊的，不會有人發現，也沒有人知道的——彌生的腦裡迴響著阿健的話。她凝視著桌上的塗鴉，急促跳動的心臟靜靜地平息下來。

只要撐過早上就行了，彌生這麼告訴自己的時候，突然發現老師一直在看她。

接著，老師朝彌生這裡慢慢地走了過來。

被發現了嗎⁉難道自己打了個連旁人都看得出來的猛烈寒顫嗎？被發現了嗎？

彌生的心臟又開始怦怦亂跳，全身滲出汗水。

老師在彌生的旁邊站住了，手放到她細小的肩膀上。

如果可以的話，好想當場逃走，好想跑到阿健的教室去。

一定是曝光了！彌生會被抓住，被抓去警察那裡！——這個想法浮現在彌生的腦海，揮之不去。

老師把嘴湊近彌生耳邊，不讓其他小朋友聽見地低喃：

「妳知道五月失蹤的事對吧？真可憐……妳們兩個最要好了說。可是，能不能先不要告訴其他的小朋友？妳明白老師說的意思嗎？」

憐憫、安撫似地，老師的臉上佈滿了悲傷的神色。

彌生吃了一驚，猛地轉頭看老師。她理解了老師話中的意思之後，拚命地點頭。

「……彌生……」

老師輕輕握住她的手打氣，然後在其他小朋友還沒有注意到之前向她道別，離開了教室。接著，進入了第一節課開始前的短暫休息時間。

在彌生眼中看來，朋友們好像在周圍跑來跑去、手舞足蹈地繞著圈圈。

然後她發現自己得救，高興起來。

涼爽的風吹來，她知道全身的汗消退了。

「我回來了。」

彌生說道，穿過玄關。阿健跟在後面。

後來，時間平安無事地過去，雖然彌生比較早放學，但是她為了和阿健一起回家，不安地等了好幾十分鐘。然後兩個人一起回家了。

「媽媽，妳在哪裡？彌生肚子餓了。」

她和阿健一起走進自己的房間。

「媽！」

彌生短促地驚叫。

阿姨在兩個人的房間裡。她打開房間裡藏著我的壁櫥，好像在找什麼東西。

「媽，妳在幹嘛？」

阿健若無其事地說。雖然是同一個壁櫥，但是阿姨把東西拿進拿出的不是藏著我的上層，而是下層。不過只要稍微動一下上層的棉被或毛巾被，就會看到我的頭髮或腳趾了吧。

「哦，現在在用的吸塵器怪怪的。難得想幫你們打掃房間，所以我想拿以前的舊吸塵器來用，我記得不是放在這裡面嗎？」

「不用了啦，我們自己的房間自己會掃，媽去看〈當然可以笑了〉(註)

啦。對不對，彌生？」

彌生嚇了一跳似地，圓滾滾的雙眼轉向阿姨，一次又一次地點頭。

「哎呀，這樣？那媽媽就樂得輕鬆了呢。拜託你們囉！」

阿姨說道，關上壁櫥的紙門站起來，走出房間了。

彌生鬆了一口氣，放下心來。阿健一副理所當然的模樣，把書包放到桌上。

彌生想要詢問阿健今後要怎麼處理我而開口：

「喏，哥哥，我們……」

此時，房間的紙門冷不妨地打開，阿姨的臉從門縫裡探了出來。

「媽，還有什麼事嗎？」

代替張著嘴巴僵掉的彌生，阿健問道。

「午飯已經好了。打掃吃完飯再弄，快點下來吧！」

「好，好，知道啦。」

即使阿健回答得敷衍，阿姨似乎也感到滿意，她關上紙門。

彌生的僵硬解除了。

註：「當然可以笑了」（笑っていいとも）是富士電視台自一九八二年開播，由塔摩利（タモリ，在此節目用的是本名森田一義）主持的長壽綜藝節目，在中午時段播放。

「啊，嚇我一大跳！」

此時紙門又打開了。不死心地再度出現的還是阿姨。

「幹嘛嚇一大跳？」

彌生彈也似地回過頭來，一臉快要哭出來的模樣，整個人又僵掉了。

「真可疑。算了，放你們一馬。」

「媽，妳又要幹嘛啦？妳纏人得簡直跟蟑螂還是喬卡（註）一樣耶！」

「那是什麼啊……？我說啊，阿健，你最近異常地乖巧呢。棉被自己收，打掃也自己來，簡直就像ＮＨＫ一樣。」

「妳才是在說什麼啊……？」

阿健難得露出詫異的模樣。

「總之，你跟彌生最近感情好得奇怪，簡直就像偷偷瞞著媽媽什麼一樣。媽只是想說這個而已。」

紙門關上了。阿健豎起耳朵，確認阿姨離開。

「……媽媽走掉了嗎？」

彌生戰戰兢兢地問阿健。

阿健默默點頭，轉向彌生，對她微笑。

兩個人內心玩味著阿姨最後的一句話，打開壁櫥，確定我沒有逃走。

吃完午餐之後，兩個人回到房間，然後舉行作戰會議。

「哥哥，接下來要怎麼辦？不能一直放在這裡啦……」

彌生為難地、快要哭出來地說。

但是阿健似乎已經早一步想到這個問題的答案了。阿健對彌生露出一種「沒什麼難事」的表情回答：

「我之前就在想了。彌生應該也注意到了吧？只要把五月丟進神社的石牆的洞穴裡就行了。那樣一來任誰都找不到，也可以讓大家認為五月真的是被捲入連續綁架案裡面了。」

彌生點頭同意阿健提出的作戰。

神社土地裡的那座石牆。在我死掉之前，一面等著阿健，一面和彌生一起抬頭仰望的那個像城堡基座的地方。

在那上面，有個石頭被拿掉，在石牆上開了一道深井般的空間。那是因

註：喬卡（JOKER）為特攝電影「假面騎士」（仮面ライダー）系列的搞笑短劇「假面車士」（仮面ノリダー）當中登場的邪惡軍團。

為個小孩子都把零食殘渣或空袋往裡面丟，變成垃圾筒的洞穴。阿健說要把我丟進那個洞裡。

看樣子，兩個人似乎從很久以前就覺得這麼做就好了。

「嗯。那，什麼時候把五月搬過去呢？」

「說的也是，快一點比較好。天氣這麼熱，不曉得五月什麼時候會臭掉呢。」

我會腐爛，發臭。彌生可能是想像起那種情景，繃起了臉。

再過幾個小時，我死掉之後應該就過了整整兩天了。

「今天半夜去吧。明天晚上是煙火大會吧？明天晚上的話，神社到很晚應該都還有很多人。」

一年一度的煙火大會。那是村子規模的小型活動，但是應該會有將近村子人數一半的人來參加。

「彌生知道了。那今天也得早點睡覺了。得睡個午覺才行呢。」

有了計畫之後，彌生似乎有些鬆了一口氣。

看到那樣的彌生，阿健好像也有些高興的樣子。可是不知道為什麼，那張表情也像是覺得可惜。令人意外地，阿健在享受著這個狀況。

昨天那個第六感異樣敏銳的搜索隊員，現在是否也在調查已經空了的水溝呢？然後是不是被那個沒口德的搭檔嘲笑了呢？阿健想著這些事，一把撕起搜索隊員為他貼在臉上的絆創膏。傷口癒合，結成了痂。他把撕下來的絆創膏丟進垃圾筒，打開壁櫥，準備進行跟阿姨說好的打掃。舊型吸塵器應該收在那裡面。

「喏，彌生，午睡前先打掃吧！不打掃的話，會被媽媽懷疑的。」

「嗯。打掃對吧。」

「那，我也來幫忙吧！」

紙門突然打開，看見走進房間的來人，兩個人吃了一驚。他們眼睛睜得老大，身體僵硬了。

「綠姊姊！」

「喲喝，今天的冰淇淋是新產品唷！是還沒上市的商品唷，感謝我這個綠姊姊吧！」

綠姊姊搖晃著掛在雙手上的白色塑膠袋，挺胸說道。袋子上沾著水滴。

「那我們去客廳吃吧，綠姊姊。」

阿健在背後關上壁櫥的紙門，這麼提議。彌生也用力點頭。但是綠姊姊不贊成。

「可是，阿姨她……你們媽媽在客廳睡得很熟呢。所以我們在這裡吃吧。綠姊姊免費大放送，還可以教你們暑假作業唷！」

彌生不安地仰望阿健。阿健一臉無奈地點點頭。

「……這樣，那就在這裡吃吧。等一下，我拿座墊出來。」

阿健說，打開壁櫥。彌生的呼吸都快停了。阿健從我下面，壁櫥的下層拉出座墊，交給綠姊姊。他也拉出自己和彌生的份，在榻榻米房間裡鋪上三張座墊。

忽地，綠姊姊仰望螢光燈。

「咦，開關上怎麼沒有繩子了？之前不是還在嗎？」

「斷掉了，用了很久了。」

「這樣嗎？那種繩子，一般就算小孩子掛在上面也應該不會斷的啊？」

三個人坐下，拿起放在中央的冰淇淋新產品。

「哇啊……」

彌生發出感動的嘆息。

那些冰淇淋是她第一次看過的種類，裝在透明的高杯子裡，簡直就像餐廳裡的巧克力百匯一樣豪華。

三個人用也是初次見到的長型木湯匙吃了起來。

「好好吃！」

「是啊，我們工廠的冰淇淋，每一樣都很好吃的。彌生也要跟班上的小朋友多宣傳唷！

可是這個冰淇淋是特別的。再怎麼說，它的價錢都比一般的冰淇淋貴多了。」

三人聊著這些話題，吃完了豪華的冰淇淋。

彌生吃完之後，意猶未盡地用湯匙一次又一次刮著杯子的內側，還用舌頭去舔。

之後三個人又聊了一會兒，講到阿健跟彌生的暑假作業。

「哦，『暑假之友』(註)啊。這個從以前就教人頭痛的朋友，真是一點都

註：日本小學、中學的暑假作業簿的名稱。寒假則有「寒假之友」。

沒變呢！

我看看……」

綠姊姊說道，首先看起彌生的作業。作業簿的名字叫『暑假之友　小3』。第一學期結束的那天，我也拿了一樣的東西離開學校。它現在應該也還擺在我的書桌上面。

「哎呀，做得不錯呢！彌生真優秀呢！

十年前的我啊，這種東西早就拿去餵狗吃了——開玩笑的啦。」

「綠姊姊是明年成年嗎？」

阿健望著綠姊姊說。綠姊姊難為情地搔了搔頭，「嗯」地點頭。

「你比彌生更優秀呢……」

綠姊姊打開阿健的作業簿，發出讚嘆的聲音。

三個人像這樣聊著天，阿健和彌生開始寫功課。有不懂的地方就問在背後休息的綠姊姊。

大概就這樣經過了約三十分鐘的時候，無聊的綠姊姊開始提起我的事。

「說真的，五月到底是怎麼了呢？要是她平安無事就好了呢。」

與其說是看著，她更像是觀察地注視著兩個人做功課的背影。

與紋風不動的阿健相對照，彌生的肩膀微微震動了一下。

綠姊姊沒有漏看。她漆黑的瞳孔毫無表情地對兩個人施加壓力。

「真的呢，要是沒被綁架犯殺了就好了。」

聽到阿健這句話，綠姊姊以饒富興味的表情和聲音發問了。不曉得為什麼，她形狀姣好的嘴唇泛出覺得既有趣又好玩的笑容。

「哦？阿健覺得五月是被綁架啦？電視什麼都還沒說啊？」

「可是不就只有這個可能性了嗎？搜索隊也什麼都還沒發現，不是嗎？五月一定是被捲入之前電視也有報的連續綁架案裡了。電視還說，其他的綁架案也找不到任何線索。那個事件不是發生在這附近的縣嗎？媽媽也說，只有我們住的縣一直沒事，很不可思議呢。」

「唔，說的也是呢。或許犯人是故意不在這個縣裡綁架小孩呢。

話說回來，阿健真的好聰明唷，我好吃驚。」

綠姊姊率直地稱讚，阿健難得地羞紅了臉。然後他可能是感到難為情，說了聲「啊，我去泡咖啡」，離開房間了。

綠姊姊有些輕浮地笑著目送了阿健一會兒，轉向彌生。

「哎呀呀，這孩子怎麼睡著了？是累了吧……」

她望著趴在桌上沉沉地睡著的彌生，輕聲微笑。然後她小心不吵醒彌生，讓她睡到榻榻米上。

看到鉛筆寫的計算式子倒印在彌生的臉頰上，綠姊姊忍住聲音微笑起來。

她一臉懷念地注視著彌生的睡臉好一會兒，突然想到了。

「對了，不蓋點什麼的話會著涼的。這麼說來，應該有一條黃色的毛巾被。記得是我用舊給她的。」

綠姊姊站起來，緩步不發出腳步聲地走近壁櫥。當然，她是在小心不吵醒彌生。

接著她打開壁櫥的紙門。慢慢地，安靜地打開。

「有了。」

她一下子就看到毛巾被了。

彌生總是拿來蓋的黃色毛巾被就擺在綠姊姊的正面。正確地來說，是為了藏住我從草蓆中露出來的腳才擱在那裡的。做為藏住我的牆壁，它實在是太過單薄、脆弱了。

綠姊姊抓起毛巾被的一角，慢慢地拉起。

毛巾被緩緩地滑向綠姊姊，蓋在我的腳上的微弱壓力徐徐地減輕了。然後在最後的最後，毛巾被勾住了我的腳尖。

綠姊姊感到訝異。她更加用力拉扯的時候，毛巾被終於被整個掀起，我的腳露了出來。就在這一瞬間——

「哇！」

阿健撞上綠姊姊似地跌倒了。綠姊姊就這樣順勢被推倒在榻榻米上。阿健也倒了上去，手裡的圓型托盤和上面的冰咖啡灑了一地。玻璃杯沒有破，咖啡也沒有潑到三個人，卻搞得慘不忍睹。

彌生被聲音吵醒，從睡夢中的世界回來了。

她揉著眼睛，映入眼簾的卻是我蒼白的腳。

彌生的呼吸停住了。她瞬間睡意全消，內心吶喊著如果這才是夢就好了。

「好痛……。啊、啊，榻榻米都濕掉了。嗳，我沒被弄濕就該偷笑了嗎？不過你也太笨手笨腳了吧？我也不是不瞭解你熱得想游泳的心情啦……」

綠姊姊掃視周圍這麼說著，一副有點生氣又有點好笑的模樣。看她的樣子，似乎沒有看到我。

趁著綠姊姊集中在榻榻米的慘狀時，彌生迅速地走近壁櫥，拉上紙門。綠姊姊好像沒有注意到她的動作。

「對不起，我的腳絆到了……。真是會惹麻煩的腳……」

阿健撿拾托盤、杯子還有冰塊，然後背著綠姊姊對彌生做出「幹得好」的手勢。

彌生的表情瞬間變得開朗。

「彌生去拿抹布來唷！」

彌生說完就要跑出房間，卻被綠姊姊叫住了。

「等一下，彌生……」

被叫住的彌生凍住，不安地望著和阿健一起撿冰塊的綠姊姊。

「……妳啊，不要吵醒阿姨喔。要是被她看到這樣子，肯定會被罵的。」

綠姊姊豎起雙手的食指擺到頭上。

「嗯！」

彌生跑下去了。

夜深人靜，來到了有生命的萬物進入睡眠的時間。

路上完全沒有人影。確認這一點之後，兩個人開始移動我。不能被任何人看見。不能讓任何人看見，這是最重要的。

「哥哥，現在幾點了？」

彌生揉著睡眼惺忪的眼睛，回味著夢鄉的餘韻，這麼問阿健。

扛著我的阿健以與夢鄉毫無關係的清醒聲音回答：

「已經三點半了。彌生，不快點的話就天亮了。」

兩個人——加上我是三個人，才剛離開家門而已。

阿健和彌生住的橘家離神社相當遠。一想到要扛著我走完這趟路，似乎連阿健也覺得吃不消。

不管言談再怎麼老成，阿健和我也只差了兩歲。扛著我移動，對阿健而言是一種沉重的粗活吧。

「還好嗎？要不要彌生幫忙搬腳？哥哥，還可以嗎？」

一邊用手電筒照亮石子路，一邊緊挨在阿健身邊走著的彌生問。

在手電筒渾圓的燈光照射下，石子路兩邊的稻子那綠色的細長葉子朦朧地浮現出來。

距離神社還很遙遠，兩個人的步伐卻是那麼樣地緩慢。

「好吧。彌生，拜託妳了。」

阿健說，把我的腳伸向彌生。彌生把手電筒交給阿健，害怕用雙手抬起我伸出的腳。

早知道就用種田用的一輪小推車了，阿健難得地後悔了。

直到這個時候，他才發現前往神社的路竟是如此漫長，而我的屍體竟是如此沉重。

月光和星光都很微弱，兩個人在黑暗中緩慢地前進。偶爾休息，彼此打氣，繼續行走。

來到距離神社只剩下一百多公尺的地方時，又休息了一下。

「哥哥，彌生累了……。剩下的明天再搬好不好……」

「明天啊……。明天有煙火大會，不過和今天差不多的時間的話，神社應該也不會有人了吧。可是，要把五月藏在哪裡好？」

聽到阿健的話，彌生那張童稚的臉露出了傷透腦筋的表情，沉思起來。阿健也一邊揮去聚集到手電筒燈光上的蟲子地思考著。阿健趁著今晚搬運我，把我丟進石牆洞穴裡的最初想法依然沒變。

「喏，彌生，神社就在眼前了。再加油一下，就可以讓五月完全失蹤囉。」

阿健說，打起精神。攤坐在地上的彌生也站了起來。

只要把我丟進神社的石牆裡，就真的沒有人會知道我的行蹤吧。和倉庫差不多大小的石牆相當大，裡頭廣大的漆黑空間，不管再怎麼丟進垃圾也不會被填滿。在相當長的歲月裡，它一直曝露在風吹雨打中，建造它的人死掉之後，它也依然將村裡孩子們的回憶封閉在當中。

但是就在兩個人振作起來，就要將我抬起的時候。

「哥哥，那個！」

阿健也同時注意到了。遠方道路的另一頭，有人家的那裡出現了一道燈光。是手電筒的燈光。可能是有人拿著手電筒在走路。只看得見燈光逐漸靠近，還無法看出拿著燈的是不是人，不過如果不是人的話，那會是什麼？

休息的時候就這樣擺在地上的手電筒從底下照亮了兩人。來人恐怕也注意到這裡了。即使看不出人影，手電筒的燈光應該也傳到那裡了。

「哥哥，怎麼辦?!哥哥！」

彌生陷入恐慌，哭叫著問阿健。阿健一副思考著什麼的模樣，沒有回答彌生的問題。

「哥哥！」

就在這當中，燈光也繼續往兩個人靠近。就像發現了來自地面的手電筒燈光的夏季蟲子一樣，靠了過來。

阿健掃視四周，迅速地確認自己的想法有無疏漏。

靠過來的燈光當中尚未浮現人影。而這裡沒有任何可以躲藏的地方。石子路的周圍盡是廣闊的稻田……。

「彌生，那裡！」

阿健推了彌生一把，把她推下擴展在他們身後黑暗當中的綠色地毯。接著阿健也抱住我，小心不遮到手電筒燈光地逃了進去。

接著阿健跟彌生一起在田地裡跑了一陣子，在隱約看得見自己留下的手電筒的地方坐了下來。彷彿要從夏季的陽光當中獲得生命般伸展的稻子，正好成了藏住兩個人和我的屏障，只是理所當然地輕輕搖曳。

兩人屏息觀察靠近的燈光。這是個悶熱的夜晚，兩個人的全身都被熱氣籠罩，汗水逐漸滲透而出。稻子鮮嫩的氣味令人幾乎窒息。

幸好現在正是稻田露出地面的曬田時期。如果是像平常一樣，不讓稻子口渴地吸滿了水的話，或許腳會陷進泥濘當中，無法奔跑。在那之前，或許根本就不會想到要逃進田裡。

「哥哥……」

「噓！」

彌生微弱地呼喚，阿健豎起食指。

走近的燈光當中浮現出人影。

那是因為經常斥責玩得過火的小孩，又長得像漫畫裡被稱做「雷公」的角色，因此被孩子們叫做「雷公爺爺」的老爺爺。他是每天一大清早都會在廣播體操開始前的神社廣場玩槌球的老年人之一，我記得他是那個槌球俱樂部的代表。

那個老爺爺走近兩人留下的手電筒，一副納悶的模樣。腰上的鑰匙串發出吵雜的聲響，那是神社倉庫的鑰匙。倉庫裡塞滿了槌球的道具和農業器具等各式各樣的東西。

兩個人祈禱似地望著老爺爺。彌生把身體緊貼在阿健身上，好止住發抖。今晚也沒有風，因此變得更加悶熱，汗水沿著身體滴落下來。兩個人的汗水混合在一起，滴到乾燥的田地上包裹著我的草蓆上面。

彌生一副隨時要哭出來的樣子。

雷公爺爺撿起掉在地上的手電筒，臉上充滿不可思議的表情。為什麼這種地方會有開著的手電筒？他的表情就像這種感覺。

從他的表情，阿健知道他們還沒有被發現。不出所料。就像阿健他們一樣，對方也只看到了手電筒的燈光而已。

可是不能大意。

老爺爺關掉遺落的手電筒開關，用自己的手電筒掃視周圍。慎重地、就像追捕逃走的老鼠一般。雷公爺爺走近掉落的手電筒時，覺得好像看見了逃進田裡的小人影。他仔細地調查人影逃進去的那一帶。兩個人僵著身體，重疊在一起似地覆蓋在我身上。他們止住呼吸，拚命裝成死人。每當燈光鮮明地照亮眼前的稻子，就擔心自己會不會形成黑影，浮現在稻田當中。燈光不曉得為什麼盡是在這裡反複掃射，簡直就像追捕逃獄犯的探照燈一樣。每當曝露在燈光下，彌生就覺得好像被警察追趕一般。

不久後，雷公爺爺發現到一件事。他覺得有人逃進去的那一帶，只有那裡的稻子微微地搖晃著。他想：好奇怪，明明沒有風……。

於是雷公爺爺打算調查看看，踏進了田裡。他分開稻子，走下田裡，鞋底感覺到被踏碎的乾燥泥土變成粉末的觸感。

發現到老爺爺走近，兩個人的身體變得更是僵硬了。阿健拚命地動腦。

就算自己和彌生被找到，只要屍體沒被發現就好了吧?可是要是被爸媽知道，要怎麼說明才好……。

就在阿健尋思的時候，雷公爺爺也筆直地往兩個人所在的方向走來。然後他終於來到只要再撥開一次稻子就會發現他們的地方。

彌生的眼眶湛滿了淚水，她拚命地咬住嘴唇，好不發出哭聲。

要做的話就是現在。要站起來，騙說自己是惡作劇被發現的話，就是現在。

阿健這麼決定好想法。若問為什麼，因為這裡沒有凶器可以殺死老爺爺，堵住他的嘴巴……。

就在他正要站起來的時候，有人出聲叫住了雷公爺爺。

「你在做什麼呀？不快點準備槌球的話，大家就要來囉，爺爺。」

那是老爺爺的太太。老爺爺回過頭去，難為情地搔著頭。

「沒有啦，有點……」

然後他遠離了兩個人和我，回到石子路上。

「喏，我撿到這個。」

老爺爺說，把撿到的手電筒交給老奶奶。

「哎呀，這是誰的東西呢……？」

老奶奶雖然覺得訝異，卻依然拉著老爺爺的手往神社走去。雷公爺爺儘管一次又一次回頭望向兩個人和我藏身的地方，但也一起走了出去。已經是大家集合的時間了。不快點準備槌球，開始練習的話，暑假期間因為舉行廣播體操，神社的廣場就不能用了。兩個人聊著這些，離開了。

「嚇死我了……」

確定兩個人影離開之後，彌生放下心來。緊張的絲線一口氣鬆弛下來，讓人有種忍不住要笑出來的感覺。阿健也一樣，意料之外的發展讓他忍俊不禁。

然而，他忽地皺起眉頭。

「……可是接下來該怎麼辦呢？」

阿健輕聲呢喃。打槌球的老年人們或許已經聚集在神社了。那樣的話，把我搬上石牆丟進洞穴的時候或許會被看見。看樣子移動花掉太多時間了。

「哥哥……」

彌生不安地仰望阿健。

「噯，算了。五月就這樣放在這裡好了。反正曬田的期間不會有人關心田裡的。」

阿健為彌生打氣似地說道，露出微笑。雖然手電筒被拿走了，又身處在早晨來臨之前的黑暗當中，但是彌生很清楚地知道阿健在笑。

曬田期間不會有人來巡視稻田。堵住田裡的水源的地方不是這裡，而是位在更上面的調節水流的設備。在那裡，所有的稻田的水都被一口氣堵住了。

「所以今天就先回去好了。煙火大會之後，或者是後天，我想應該還有時間的。」

然後兩個人把我移動到更難發現的地方，回家去了。

連手電筒都沒有，一想到得摸黑走回家，彌生覺得有些吃不消。

可是東方的天空逐漸變得明亮了。宛如光芒射進深海當中，也像是在為他們照亮回家的歸途似地。

「哇……」

彌生感動地仰望新生的早晨天空，自然地流露出發自心底的嘆息。

兩個人和我離開橘家之後一個小時半，隨著太陽逐漸染紅天際，兩個人行走的道路也慢慢地變得狹窄了。

第四天

早上平安無事，彷彿未曾發生過任何事地過去了。

後來，兩個人回到自己家的房間再睡了一覺。然後被阿姨叫起來，他們佯裝若無其事，就像平常一樣重複的普通早晨，出發去做體操。他們經過數小時前搬著我通過的道路，路過藏著我的稻田旁邊，也裝作漠不關心的模樣。阿健一裝出蠻不在乎的樣子，就讓人覺得好像真的和他沒有關係，非常不可思議。彌生抓著阿健的衣角不肯放開。

「彌生可以先回家啊。反正妳待在這裡也沒事做吧。」

做完廣播體操，在卡片上蓋章之後，就可以回家了。可是今天不一樣。高年級的男生要留下來，準備今晚的煙火大會才行。所謂準備，只是把沉睡在神社倉庫裡的木頭長椅和香油錢箱搬出來，還有確認用募款買來的煙火之類的簡單事項。應該也不會花上太多時間，所以彌生打算和阿健兩個人一起回去。

「不要，彌生也要一起。」

彌生跟在四處尋找神社倉庫鑰匙的阿健後面，微笑著說。她的脖子上搖搖晃晃地用繩子掛著兩人份的廣播體操卡片。

不久後，阿健走近聚集在神社一角的老年人集團，是槌球俱樂部的人。

「對不起，我想借用一下倉庫的鑰匙。」

阿健大聲說。彌生躲到阿健背後去。

「哦，準備煙火大會是嗎？這麼說來是今晚呢。

鑰匙的話，田中先生，在你那裡吧？交給這些孩子吧。」

福態的老爺爺聽到阿健的話，點了點頭，催促一旁的老爺爺交出鑰匙。只露出一點頭來偷看情況的彌生看到被稱做田中先生的人，嚇了一跳，緊抓住阿健的背。

被稱做田中先生的老爺爺，白髮濃眉，正是今早差點發現他們的那個雷公爺爺，可是雷公爺爺本人根本不曉得這件事。

「我知道、我知道，倉庫的鑰匙在我這兒。既然要去，小林先生，要不要順便把槌球的道具也一起收進倉庫裡？」

「說的也是。那麼各位，就在這裡解散吧！」

小林爺爺這麼說，於是大家各自拿著打槌球的槌子回家去了。然後雷公爺爺跟小林爺爺抱著幾個讓槌球的球穿過的ㄇ字型道具，和阿健一起過去。那是叫球門的東西吧。那些道具都收在神社的倉庫裡，槌球俱樂部的老人家們每天早上都會拿出這些道具來練習。

即使面對雷公爺爺，阿健也絲毫不為所動，但是彌生卻緊張得連旁人都看得出來。她抓住阿健衣服的手更加用力，不斷地移動，讓阿健擋在她和雷公爺爺中間。

「你是橘先生家的兒子吧？叫什麼名字去了？」

「我是阿健。她是彌生。喏，彌生，打招呼啊？」

被阿健催促，彌生向雷公爺爺行禮。一副戰戰兢兢，隨時都怕會被咬的模樣。

看到那樣的彌生，老爺爺們臉上露出笑容，可是笑容立刻就被陰霾籠罩了。

「我記得小妹妹是最近失蹤的小朋友的朋友吧……？」

小林爺爺看著彌生說。他是在說我。彌生的臉色一暗、變得僵硬地點點頭。那陰沉的表情是出於不安和恐懼，但是兩個老人家似乎不這麼以為。

「這樣啊……讓妳想起難過的事了。可是小妹妹也要小心，別被綁架犯拐跑囉。阿健也要好好保護彌生唷！」

「是的！」

看見阿健強而有力的回答，兩個老人家滿足地點點頭。雖然明知道那是演戲，彌生還是忍不住有點高興，羞紅了臉。

就在聊著這些事的時候，阿健和彌生還有兩個老人家來到了倉庫前。老舊的倉庫只有門是用堅固的金屬製成的，看起來相當沉重。雷公爺爺把手中的幾個球門放到地上，解下掛在腰間的鑰匙串。然後他從鑰匙串當中找到寫著「倉庫」的鑰匙，插進鑰匙孔中旋轉。

「喏，鎖開了。」

可是即使阿健使盡全力把門往旁邊拉，沉重的門也紋風不動。

「這個倉庫的門一動也不動啊，是怎麼了嗎？」

「這個門有的時候會很難開，剛才拿道具出來的時候明明還很順的。或許是滑輪怪怪的，之前就一直有人拜託要檢查看看了。」

小林爺爺說著，把球門放到地上，然後和阿健一起用力扳動門扉。彌生跟雷公爺爺也加入行列，大家同心協力想要打開門。但是門板雖然喀噠搖晃，但卻似乎還需要更大的力氣才能夠打開。

「喲喝！大家怎麼啦？你們在努力做什麼呀？」

綠姊姊說著這種話，走近漲紅著臉使力的四個人。她穿著牛仔褲，一臉悠哉地跑了過來。

「綠姊姊也過來幫忙啦！就像妳看到的，大家都在加油啊！」

阿健不客氣地對旁觀的綠姊姊說。

「哦哦，這樣啊。阿健今天要準備煙火大會呢，辛苦你了。大家好像在加油，那我也來幫忙好了。要感謝我喲！」

綠姊姊說道，也加入打開倉庫的隊伍。

或許是由於綠姊姊的加入而使得大家的力量超越了倉庫堅持的力量，倉庫沉重的門終於發出刺耳的聲音打開了。

「綠姊姊真是蠻力驚人……」

聽到阿健的呢喃，綠姊姊輕輕敲了一下他的頭，走進裡面。大家也跟著走進去。

裡面很陰暗、潮濕。不曉得是不是因為放置了種田用的鋤頭和犛具，裡頭充滿了稻草的味道，令人窒息。太陽光從好不容易打開的門口照射進來，浮現在四周的塵埃就像水中的微生物般礙眼極了。

「有好多東西呀……」

彌生興致勃勃地呢喃道，四處張望。農業用具、不知道裡面裝了些什麼的紙箱、還有細長的木材等等，雜亂無章地堆積著。空間相當大。

小林爺爺把藍色油漆快要剝落的球門放到倉庫的角落，對雷公爺爺說。

「田中先生，既然都來了，就趁現在換一下門的滑輪吧？」

不等雷公爺爺回答，就把堆在上面的木箱子搬了下來。

裡面裝著好幾個散發出暗淡銀色光輝的新滑輪。那些滑輪格外地巨大，上面的部位有可以插進金屬零件的洞穴。

兩個人從倉庫裡拿出滑輪和工具，走近倉庫門。為了更換滑輪，他們打算把門拆下來。

阿健看也不看那樣的老人家們，正要把木頭製的小香油錢箱從裡面拖出來。即使這是個只有在這類活動才會拿出來使用的小香油錢箱，也大得讓阿健無法一個人抬起來。

「我也來幫忙。今天可真是綠姊姊萬萬歲的日子呢！」

綠姊姊也一起把香油錢箱從裡面拖出來，然後抬起一邊，搬出倉庫外頭。彌生沒有可以搬的地方，只能黏在阿健旁邊走。她無事可做、慌張地望著兩人。

「喂喂，很危險唷。現在要把門放下來了。」

雷公爺爺這麼叫道，三個人向他道謝之後，就這樣走向祭祀神明的木造社殿。只要把香油錢箱擺到木頭樓梯上，阿健的工作就完成了。這樣一來，就可以跟高年級的人說再見，回家去了。

「喂喂，煙火大會是幾點開始啊?阿健跟彌生也會來吧?」

兩人點點頭。煙火大會的期間，他們打算把我的事給忘了。反正那段時間裡，也不能把我搬到神社的石牆去。村民會聚集在那裡，兩個人想做的事情極可能會被看到。因為我現在被安全地藏在田裡，他們希望至少在這段期間裡忘了我的事。
「那樣的話，我也來參加好了。
你們知道嗎?其他的小朋友好像要做好玩的事唷！」
「好玩的事?」
彌生對綠姊姊的話起了反應。
「對。他們把買來的普通煙火用繩子串起來，要同時點火唷。他們說要做尼加拉瓜大瀑布。」
綠姊姊露出有如向日葵般燦爛的表情，發出笑聲。彌生閃爍著眼睛，一次又一次地問：「真的嗎?真的嗎?」她在想像。想像美麗的光之花朵一口氣發光綻放、有如瀑布的光之洪水傾瀉飛舞的情景。想像那迫力十足、如夢似幻，卻只有十幾秒鐘、短暫而虛渺的夏季之花。
「真的唷，所以要趕在那之前來唷！」
彌生用力地一次又一次點頭。
「喂喂，會頭暈的，別點啦！」
被這麼制止的彌生表情開朗，甚至無法讓人想像她最近完全消沉下去的模樣，以季節來比喻的話，就像夏天一樣。

綠姊姊俯視著那樣的彌生，露出像是高興，卻又有些憐憫的眼神。

阿健搬著香油錢箱的一邊走著，為了在綠姊姊問他問題時能夠立刻回答，他一邊聽著兩人的對話。但是他腦中在想的卻是完全不一樣的事。

要怎麼樣把五月搬到石牆上——阿健一面把香油錢箱放到木頭樓梯上，一面想著這個問題。

「那，阿健也一定要來唷！少了煙火就沒資格談論暑假囉！最重要的是，或許可以看到我穿浴衣的模樣唷！」

聽到綠姊姊的話，阿健留下靦腆的笑容，望向神社角落的石造建築物。

至今為止他一直覺得總會有辦法，但是重新審視它，這座石牆實在是高到不可能抬著我爬上去。

可是非上去不可。非把我丟進開在上頭的洞穴不可。若問為什麼，因為這是他們所想得到的最不會被發現的藏屍方法。

然後阿健愉快地、一副期待著今晚的煙火大會的模樣，對綠姊姊回以微笑。

把香油錢箱放到樓梯後，阿健爬上石牆。高年級生們聚集在那裡，阿健是去報告工作完成的。報告完畢之後，在「可以回去了」以及「要照時間來唷！就算阿健沒來，我們也會自己開始唷！」的聲音送行之下，阿健和彌生回家了。阿健爬下石牆的時候，確認了周圍。

石牆上鋪著木板。那是為了不讓低年級生掉進底下的洞穴所採取的措施。一個高年級生挪開那塊木板，把寫著「大豬排」的零食空袋丟進洞穴。再過不久，我也會像那樣子被丟進去吧。

仰望上方，石牆上伸展著粗壯的樹枝。託它的福，夏天的陽光變得微弱，石牆上形成了樹蔭，十分涼爽。

「媽，妳不是有收集繩子嗎？繩子放在哪裡？」

剛回來的阿健，對躺在客廳看電視的阿姨問道。

「繩子？找繩子幹嘛？」

「繫在電燈拉繩上的繩子不是斷掉了嗎？我們要自己挑新的繩子啊，繩子在哪裡？」

休息的時間被打擾，讓阿姨的心情有點不好，但是她或許是接受了阿健的說詞，站起來往儲藏室走去。一會兒之後，她拿著寫著「TIROLIAN」(註)的金屬餅乾盒回來了。那個餅乾盒的空盒子在橘家是裁縫箱的象徵。有一次綠姊姊帶了那個牌子的餅乾來訪，看到那個盒子的彌生甚至說「什麼，原來是裁縫箱啊」，失望不已。

「喏，從裡面挑吧。挑好了再放回這裡。

話說回來，這些繩子也是會派上用場呢！」

「雖然是好幾年一次的比例。」

自豪的阿姨聽到阿健的話，目瞪口呆。

「……你才五年級吧？已經學到比例這個字了嗎？」

「呃，這些繩子我全部拿去房間唷。要是擅自決定的話，搞不好彌生會生氣。」

阿健沒有回答阿姨的問題，把整個盒子拿回房間去了。從重量來看，裝在盒子裡的繩子數量應該不少。阿健拿著好幾年都沒有使用，累積在那裡的「去店裡買東西時用來綁的，相當堅固的繩子」，動起腦筋來。

有這麼多的話，應該勉強可以把五月拉到那上面去吧……。

他似乎打算明天付諸實行。在那之前，他想試試看自己想到的簡單機關是否能夠順利運作。

阿健的腳步停了下來，阿健的爺爺跟奶奶在向他招手。

「什麼事？」

「阿健啊，煙火大會是今天晚上吧？」

「嗯，是啊。」

「這樣、這樣。我們也去看看好囉，是吧，奶奶？」

爺爺轉向奶奶說。看樣子，爺爺似乎只是想要確定這件事而已。爺爺跟奶奶沒有再問他什麼。

「嗯，爺爺跟奶奶也一起來吧！一定很有趣的。」

阿健留下這句話，再次往房間走去。

爺爺跟奶奶悠閒的說話聲從背後傳來。

「這麼說來，是今天晚上吧？」

「是啊。明天早上去看看情況好了。」

註：「TIROLIAN」為日本點心老店「千鳥屋」的代表商品，取名自奧地利提洛爾（Tirol）的一種捲心酥。自推出後已有四十多年的歷史。

「好啊。」

「上頭開始放水，正好是煙火大會開始的時候吧。要流到這邊的田裡來，得花點時間呢。」

看樣子，今年似乎無法悠哉地觀賞煙火了……，阿健一面走進房間一面想。

就這樣，時間朝我們的最後一個晚上流逝而去。

四周染上夜色的時候，阿健和彌生手牽著手跑過石子路。

神社那裡，煙火大會應該已經開始了。距離水流進曬田的稻田裡，已經沒有多少時間了。兩個人為了把我回收，朝今天早上的那片稻田跑去。他們打算就這樣把我搬到石牆的洞穴，為一切劃下句點。

「彌生，快點！」

阿健叫道。他揹著一個黑色的背包，每當阿健奔跑，它就激烈地搖晃。

彌生不曉得裡面裝了些什麼。她只知道裡面有連接起來之後變得相當長的繩子。因為直到剛才為止，他們兩個都還在房間裡綁著無數條繩子。他們把餅乾盒裡的繩子全部繫在一起，弄成一條長長的繩子。這個作業花了相當長的時間，讓兩個人心急如焚。

就算水流進田裡，把我浸濕，兩個人也不會蒙受多大的損害。即使如此，他們似乎還是想要阻止我沉入水裡。

神社那裡傳來沖天炮的聲音。它飛到天空的高處，「砰」地爆發了。

「哥哥，我記得是在這附近，五月應該是在這附近的。」

「是啊……」

兩個人從石子路上望著我這裡，但是他們似乎都不知道我確切的位置。手電筒由彌生拿著。彌生擔心會不會又發生像今早一樣的事，但是阿健說不要緊。就算被別人看見，只要說是去參加煙火大會，應該都能夠輕易矇騙過去。

「……在更前面嗎？」

彌生困窘地呢喃。阿健也露出同樣的表情，掃視稻田。兩個人看著和我完全不一樣的方向。

「到底藏在什麼地方呢，我忘記正確的地點了……」

這次神社的天空一帶散發出帶有些許顏色的朦朧亮光。好像是點燃了像噴泉般發出光芒的煙火。

就在這當中，水流也宛如命運的沙漏般不斷地流進水路。

「彌生，走吧！進去裡面找五月。」

阿健說著，走進田裡。彌生也跟著下去。

兩個人忘記把我藏在哪裡了。稻田是這麼樣地遼闊，對小孩子而言太過廣大了。

他們把手電筒的光朝著地面，不放過任何一點蛛絲馬跡地尋找我。兩個人分頭撥開綠色的稻子搜尋。

即使如此還是遲遲無法找到我。好幾次他們就經過我身邊，卻絲毫沒有發現我。

就在這個時候，焦急的叫聲傳進阿健的耳裡。

「哥哥！水開始流進田裡了！」

彌生的腳被水浸濕，有一半埋進了變軟的泥土裡。我所在的位置泥土還是乾的，但是水確實地漫延到整片稻田了。

「彌生，快點找出五月！地面變得泥濘不堪的話，會很難走，就更難找了！」

充塞著黑暗的夜晚。承受著夏季的烈日，成長到足夠隱藏一個小孩子的深綠色稻子。這些稻子覆蓋住彌生的四周，彷彿不讓她逃跑似地團團包圍住她。

那種壓迫感，以及從鞋底逐漸滲透進來的水的觸感，讓彌生感覺到恐怖感從腳底竄爬上來。

「哥哥！」

彌生發著抖，發出哭泣般的叫聲，奔向阿健那裡——為了抱住阿健，好止住顫抖。

這段時間裡，我冰冷的背被水濕透了。看樣子流進田裡的水已經淹到我這裡來了。再過幾分鐘，我就有一半沉進泥濘裡頭了吧。

彌生彷彿被猛獸追趕似地跑了起來。她的心底似乎確實看見了追趕著她、或總是責備著她的猛獸形姿。

阿健把手電筒的光照向彌生，傷腦筋地搔著頭。

跑過來的彌生浮現在圓形的光圈中。可是，她的身影卻突然消失在稻子裡頭了。

「彌生!?」

阿健焦急地叫，往彌生那裡跑去。

在那裡，彌生趴倒在地上，連稻子也一起壓倒了。她在哭。絆到而跌倒的時候，恐怖的絲線似乎也一起綳斷了。阿健一走近，彌生便拚命抓住他，嗚咽起來。

「不要緊的，彌生，幹得好。」

阿健安慰彌生，然後稱讚她。他指向絆倒彌生，害她跌倒的地方。

被彌生用力踢了一腳，我的身體歪掉了一些。即使如此，我還是沒有半句怨言，從像海苔卷般裹住我的草蓆的兩端露出腳尖和頭髮。

「喏，彌生，把五月搬到神社吧。田裡進水之後，大家會對水田的狀況很敏感，不能把五月就這樣放在這裡。」

然後他搬起我來。彌生也支援似地，擦掉眼淚，抬起我的腳。

我被搬起來的時候，水滴從背後滴了下來。水已經流滿了田裡，加上我的體重，兩個人的腳陷入泥濘。

然後他們往石子路走去。深深地吸滿了水的泥土，就像要抓住他們的腳、不讓他們逃跑似地纏繞上來。

即使如此，稻田完全沉入水中，符合水田之名地佈滿了水的時候，搬著我的兩個人已經從田裡逃脫了。可能是差點滑倒，兩個人的身體渾身是泥，就像剛下完田似地慘不忍睹。

儘管如此，兩個人還是沒有停下腳步，總算來到圍繞住神社的圍牆邊了。從入口處到石牆有相當的距離，他們決定直接越過石牆附近的混凝土磚牆。

來到這裡之後，就能夠清楚地聽見神社裡的煙火聲，也看得見色彩鮮艷的煙火煙霧，連參觀的人群的說話聲都能聽見了。可是這些說話聲也只是更加深了彌生的不安。因為人愈多，被發現的危險性就愈大。

「越過這裡就是神社的境內了，彌生。進去以後，就一起抬著五月跑到石牆那裡。要小心別被來看煙火的人看見喔。」

聽到阿健叮囑般的忠告，彌生以認真的眼神不安地點頭。

阿健看見彌生回應之後，重新轉向混凝土磚牆。牆的高度約在阿健的頭上，以彌生的身高來看，就算伸手也搆不到頂。

「那，一開始哥哥先把彌生推上去，彌生先進去神社裡。然後我把五月丟進去，最後哥哥再進去。」

阿健這麼對彌生說明，他可能是判斷彌生一個人沒辦法越過圍牆。彌生一樣老實地點點頭。

「好，那就快點。在這裡不被人看到是最困難的。從牆上跳下去的時候，小心別扭到腳囉！」

阿健說完，抬起彌生，讓她爬到磚牆上。

此時煙火大會已經進入中盤，孩子們一一點燃比拿在手裡的一般煙火更加昂貴的機關煙火或升空煙火等，綻放出花朵。他們還得接待前來參拜社殿的人，也必須把煙火分給跟著父母親一起來的年幼小孩。這是村子的習俗，是為了不讓人們忘記對社殿裡祭祀的神明的崇敬之心。

爬到混凝土磚牆上的彌生就這樣跳下另一側，進入神社土地的彌生，鼻子嗅到了煙火刺鼻的火藥味。

但是，那不過是微不足道的衝擊罷了。

距離彌生剛跳下來的場所沒有幾步遠的地方，有許多人聚集成一道人牆。雖然人們的視線都盯著神社中央綻放的煙火，但是難保什麼時候會突然轉過來。要是那個時候我的屍體被看到的話就糟糕了。

彌生對抗著爬上背後的冰冷恐怖，按住抖個不停的雙腳，她想告訴應該在圍牆另一邊的阿健這件事。不能過來，這裡有人，不能把五月丟進來。她想這麼叫。

但是應該從顫抖的口中說出來的這些話，卻因為看到了從天而降的我，沒有化成聲音。

色彩艷麗的光之洪水從彌生的背後湧了上來。在溢出看煙火的人群隙縫間的桃色及綠色的光芒照耀下，被草蓆包裹的我的屍體「咚」地掉到地上。

「哥哥……！」

觀眾和阿健並沒有聽見沙啞而細微的那道叫聲。

我掉到地面的聲音或許也傳到人牆那裡了。彌生染上絕望與恐怖的臉沾滿了淚水，仰望正要跳下磚牆的阿健。

阿健從磚牆上俯視觀眾形成的人牆，微微皺眉，然後他在我的身旁著地。

「彌生，不要哭……」

阿健安慰彌生，想趁著看熱鬧的人還沒有注意到這裡之前前往石牆。事情就發生在這個時候。我掉下去的聲音果然還是被人聽見了。

「哎呀，這不是阿健跟彌生嗎……」

人牆當中的一個人發出聲音，回過頭來。彌生全身僵直，緊抓住阿健的手。

那個人的臉在煙火的光亮中化成黑影，看不太清楚，但是兩個人都認得那個聲音。凝目望去，那個人的表情陰沉，充滿了悲傷。

「阿姨……」

阿健向我媽媽出聲。他的音色有著憐憫和安慰，但是我知道那是演戲。阿健還沒有放棄要把我隱藏到底的念頭。

「阿姨……五月呢？她沒有來參加煙火大會嗎？還沒有找到嗎？」

我的媽媽搖了搖頭——沉痛地、隨時都會崩潰地。唯一的一個孩子行蹤不明，她只能懷抱著回憶，前來參加這場煙火大會，好看看記憶當中的我的笑容。

每年夏天的這個晚上，我都會讓媽媽帶著我來參加煙火大會。然後和阿健還有彌生一起看煙火，放煙火，製造炫目得讓現在的我無法直視的回憶。

然後今年，我們也像這樣三個人一起來了。

「這樣……。要是五月趕快被找到就好了……」

阿健謹慎地措詞。電視還沒報導我失蹤的事。因為不管怎麼找都找不到我，警方才剛開始調查與綁架案相關的可能性。恐怕明天左右，這個村子裡就會塞滿了電視台的人吧。

「……阿健，謝謝你……。」阿姨看著煙火，就好像想起了五月。然後覺得五月就在阿姨身邊……」

彌生的手用力緊抓住阿健的手臂。彌生在發抖，因為我就躺在她的背後。雖說黑暗被煙火映照得淡薄了些，但是依然籠罩四周，所以媽媽還沒有注意到我。可是不曉得她什麼時候會發現，彌生緊張得都快瘋了。

媽媽一直在尋找的我，就躺在她的旁邊。

「阿姨，五月一定會被找到的。妳要打起精神來呀！」

阿健說，露出微笑。那是有如拭去我媽媽的不安、甚至讓人覺得我明天就會突然跑回來般的笑容。

看到那樣的阿健，媽媽沒有出聲，只是靜靜地流淚哭泣。周圍的人群都沒有注意到我們，綻放在神社中央的煙火讓他們發出感動的嘆息及驚呼。

「謝謝你……，謝謝你阿健……」

沐浴在彩色的光芒下，媽媽不停地對阿健道謝，她的眼裡充滿了感謝。彌生也快要哭出來了。她是想起了和我一同遊玩的日子，還有一起觀看的煙火嗎？或者是明白了自己的罪孽有多麼地深重？

即使被這樣的兩個人前後包圍，阿健依然窺伺著把我搬到石牆的機會。

「阿姨，不可以哭唷。就算哭，五月也不會回來呀。

喏，快看，豪華的煙火就要放了。」

阿健伸手指向煙火說。在那裡，高年級的男生把巨大的筒子放在地面。那是從店裡買來的數百圓的升空煙火，相當昂貴。看熱鬧的人都注視著它，期待著它開出美麗絕倫的花朵。

「真的呢……，阿姨真不該哭的……」
媽媽也望向那裡。
村裡的男生正戰戰兢兢地在那個筒子上點火。
就在那一瞬間，阿健沒有錯失媽媽的視線轉向那裡的瞬間。
他甩掉彌生的手，抬起躺在地上的我的頭。接著他小聲指示彌生抬起我的腳。兩個人的姿勢正好從媽媽那裡遮住我露出草蓆兩端的頭髮和腳尖。
「阿姨，那我們走了。」
阿健這麼對我媽媽說。如果默默離開，就太不自然了，彌生拚命地藏住我的腳尖。
「……嗯，阿健，真的謝謝你……。對了，你們搬的那個是什麼？」
媽媽回頭望向兩人。她看見阿健和彌生抬著莫名奇妙的草蓆筒子，有點吃驚。因為兩端被遮住，媽媽只看得見覆蓋住胴體的部分。隔著草蓆，她似乎沒辦法看出那就是我。
「是煙火。高年級的叫我們把這個搬過去。」
不曉得是聽信了阿健的謊話，或者是沒什麼興趣，媽媽沒有再繼續追問。

「那，阿姨再見。不可以放棄唷！

彌生，我們走吧。」

接著兩個人就要往石牆那裡走去——一面藏住我從草蓆露出來的頭頂和腳尖，慎重地。彌生的身體僵硬得不像話。

可是或許是受不了緊張，彌生把抬在手上的我給掉下去了。

腳部掉落到地面，我更從草蓆裡滑了出來。從腳尖到腳踝都裸露出來，夜晚的戶外空氣從我的腳底爬了上來。

彌生見狀，發出輕聲尖叫，同時阿健也回過頭來。

「彌生，快點藏起來！」

還不一定被看到了。在阿健這麼說之前，彌生把我藏起來了。她幾乎哭出來了。

阿健窺探我媽媽的反應，同時媽媽對兩個人說話了：

「……喏，阿健。」

被看見了!?兩個人僵著身子，用彷彿接受死刑宣判的罪人的表情，傾聽我媽媽說出來的話。

「……我說啊，阿健。五月喜歡你呢，你知道嗎？」

彌生表情突然開朗起來。沒有被發現，沒有被看到。

「……嗯，我知道的。」

阿健的表情柔和了幾分，回答我媽媽。

聽到阿健的回答，媽媽又哭了一下，和兩人道別了。

阿健和彌生更加慎重地遮著我，前往石牆。

接下來只要把我搬上石牆，丟進洞裡，阿健就能夠贏得這場遊戲了。終點就近在眼前。

煙火大會似乎就要進入高潮，射上天空的煙火愈來愈豪華。孩子們捨不得把買來的煙火一下子就用掉，總是把豪華的留到最後。

如噴泉般的煙火從筒口噴發出光的粒子。它發出金色與銀色的光輝，把神社、石牆及木造社殿照耀得如夢似幻。這片情景有如夢境一般烙印在人們的眼底，它將化為漫長人生中的回憶，永存心中。隨著時光流逝，更增添光輝，鮮艷地永遠留存……。

阿健和彌生終於來到了石牆邊。如果沒有被我媽媽叫住的話，應該會更早到達的。

就在一旁的石牆高高地聳立，幾乎要觸碰到天上的繁星，要把我搬到上面去，看來的確是不可能的。

看熱鬧的人不容易看見這裡，但是雖說被黑暗所覆蓋，也不能夠保證不會有人經過，盤問兩人。

「哥哥，接下來要怎麼辦？」

兩人把我放到地上，彌生以不安的顫抖聲音詢問。

「聽好了，彌生。我們要把五月搬到這上面。我現在開始說明順序，妳仔細聽好唷。」

彌生點頭。阿健確認之後，簡略地說明作戰。

他從背上的背包取出趁白天連接好的繩子。好幾條繩子被牢固地綁在一起，形成了一條長長的繩子。阿健打算用它穿過綁在草蓆上的繩子，再拿著折成一半的繩子兩端爬到石牆上。爬到上面之後，再拉起尚未與地面道別的我。繩子的長度足夠他這麼做。

所以才需要綁那麼多的繩子啊，彌生好像有點瞭解了。

「聽好了，接下來我要爬上去，彌生在下面監視有沒有人過來。」

阿健說，腳踏上石牆的隙縫間。他的背上揹著背包，手裡抓著繩子，靈巧地登上去。這是村裡的男生都做得到的事。若說為什麼，因為這上面是所有的男生的祕密基地。

大小只比人頭稍微大一些的石頭，堆積到與神社倉庫的屋頂相同的高度。阿健爬上四處生長著苔蘚的那片老舊石牆，而彌生仰望著他。她淨是注意著上面，結果絆到附近的樹根，差點跌倒。然後她想起阿健的吩咐，開始監視有沒有人經過。

煙火的光輝照不到石牆的背後，那裡陰森潮濕得似乎會有幽靈出現。

不久後，阿健爬上了石牆。夜晚的那裡荒涼無比，石頭的寒意傳到阿健身上。從那裡可以一眼望盡神社，遠處的煙火美麗到了極點。

阿健拉扯手裡的繩子，確認它確實可以吊起我。然後他放下背上的背包，從裡面取出兩樣道具。

那是打槌球用的ㄇ字型鐵球門，還有倉庫的門使用的新滑輪。滑輪上面有個可以固定在門上的洞穴。阿健把鐵球門的一隻腳插進滑輪的洞裡，另一隻腳勾在粗壯的樹枝上。鐵球門和滑輪，都是他在今天早上佯裝和雷公爺爺他們說再見的時候從倉庫裡拿出來的。

然後他把那條長繩子穿過滑輪。接下來只要阿健吊在那條繩子上，跳到下面去的話，和跳下去的阿健錯身而過，被阿健的體重拉起來的我應該就會被吊上去了。

跳下石牆後，再回到上面把我回收，扔進洞裡。接下來就只剩下這樣了。

底下的彌生盡是在意著我媽媽。她很害怕我媽媽會走過來，然後一切的罪行都會曝光。

阿健結束上頭的作業，就要跳下來的時候，那道聲音從彌生的背後傳了過來。

「咦，這不是橘先生家的小朋友嗎？你們在這裡做什麼？」

彌生一驚，回望身後。聲音也傳到了阿健那裡。

站在那裡的是雷公爺爺跟小林爺爺，他們一臉不可思議地仰望阿健。如果他們望向地面，應該就會看到被草蓆包裹住的我了。
「……晚安。」
阿健從石牆上打招呼。他的手裡拿著繩子，一副就要往下跳的姿勢。看起來相當滑稽。
可是老人家們沒有停下腳步。在這裡遇見認識的人並不是什麼稀奇事，好像也沒有什麼特別的話要說。彌生在心底不斷地祈禱，希望什麼事都不會發生。
「阿健，你要爬上石牆是沒關係，不過小心一點啊。我記得今年不是有個小朋友在那裡受了傷嗎？」
兩人說著，就要經過彌生旁邊。看樣子他們似乎正要穿過這個石牆後面，走到人群那裡。
彌生在心裡發出歡呼。就在這個時候。
「哇！……噢噢、什麼東西？」
小林爺爺踢到我，踉蹌了一下。彌生全身凍結，發出不成聲的尖叫。
阿健也從上面望著這一幕。

「到底是什麼東西啊？在這種地方……」

小林爺爺說著，瞪向差點害他跌倒的我。石牆背後沒有什麼光線，躺在地面的我有一半沒入黑影，小林爺爺似乎看不太清楚。但是，他發現我也只是時間的問題而已。

彌生好想逃走。但是她不曉得離開阿健，能夠逃到哪裡去？能夠逃到阿健以外的什麼地方去？

小林爺爺摸索著想要確認我。

「……嗯？草蓆嗎……？」

只要再定睛一看，就會看見我露出草蓆兩端的身體的一部分了吧。

彌生止不住顫抖，幾乎就要放聲大哭。

就在這個時候，阿健從上頭出聲了：

「喏，爺爺們不快點的話，大家做的煙火瀑布就要開始放囉！」

「咦！？田中先生，快走吧！那是孩子們的苦心之作啊！」

聽到阿健的話，正要朝我伸手的小林爺爺迅速地反應，縮回了手，和雷公爺爺一起望向煙火那裡。

阿健沒有放過這一瞬間的機會。

兩個人的視線移開的瞬間，阿健從石牆上跳了下來。他的手裡抓著連接成一條的繩子，人掉了下來。被他的體重牽引，我沒有發出什麼聲響地被拉了上去。繩子看起來很脆弱，不曉得什麼時候會斷掉。只是不安定地勾在樹枝上的鐵球門承受著兩個小孩子的體重，隨時都會滑開掉落。

就在這樣的狀態當中，我被拉了上去。每當繩子的接頭卡到滑輪，就一陣搖晃，夏季的樹木葉子因為這股振動，紛紛掉落下來。

「那我們去看煙火了。阿健也小心別受傷囉。」

老人家們這麼說，再次轉向這裡的時候，阿健已經站在底下了。他的手裡握著繩子。這次他從底下拉著繩子，好讓我不會掉下來。

「阿健什麼時候下來的？咦？本來在這裡草蓆怎麼不見了？要是有人絆到跌倒就糟糕了，我本來想把它給移開的……」

老爺爺覺得納悶。彌生連大氣都不敢吭一聲，聆聽著這段對話。

「等一下我會仔細找找，把它收起來的，小林爺爺。」

阿健的話，在我聽來就像惡劣的玩笑一般。我想起差點被綠姊姊發現時，他也說了這樣的玩笑，害我的屍體差點笑了出來。阿健露出一點都不像是裝出來的笑容這麼說，老爺爺似乎也被他的笑容騙了。

「嗯，拜託你啦。」

老爺爺說完，就要離開的時候。

從草蓆上綁著我的繩子發出了不穩的聲響，九歲的我雖然體重很輕，卻也讓繩子發出了悲鳴。

緊接著，過去用來延長電燈開關的繩子靜靜地斷掉了。

我落向空中，「咚」的一聲掉下來。草蓆有一半掀開了。

「什麼聲音……？」

老爺爺一臉不可思議地仰望上面。

我掉到石牆上了。要是稍微偏離一點的話，就會掉落到數公尺底下的地面，我的屍體就會被發現了。

「……沒什麼啦。不管這個，不快點去的話，就要錯過煙火瀑布囉！」

我的體重從手裡的繩子消失，阿健知道發生了什麼事。即使如此，他的臉色依然毫無變化。彌生感謝神明，鬆了一口氣。

「說的也是。田中先生，我們走吧！」

他們往石牆的正面走去了。

確認兩個老人家遠離之後，彌生吐出放心的嘆息，真的是千鈞一髮。

「好驚險呢，哥哥！」

「嗯，是啊。」

危機消失之後，彌生恢復了原本的快活表情，阿健看到那樣的她，也高興地回話。

已經結束了，石牆上應該沒有人。彌生這麼一想，臉上便自然而然地浮現笑容。終於可以向戰戰兢兢的日子道別了。能夠只留下和我在一起的璀璨回憶，與我道別了。彌生內心雀躍不已。

「喏，上去吧。接下來只剩下把五月丟進洞裡了。彌生也要來跟五月說再見嗎？」

聽到阿健明朗的提議，彌生活力十足地點頭。

接著他們爬上石牆。就像第一次爬樹的時候那樣，彌生聽著阿健的指揮，攀了上去。

彌生第一次來到石牆上，阿健也站在她的身旁。

從這裡看見的煙火更加地美麗光輝，現在正好就在點燃那個煙火瀑布。

串在繩子上的煙火一口氣被點燃，迸發出紅色、藍色、粉紅色和綠色等五顏六色的光彩。它就宛如光之洪水一般，光的水流化成瀑布傾瀉而下，倒映在眼裡。以小孩子的作品來說，它做得相當不錯。來參觀今天的煙火大會的人，恐怕也不會忘掉這令人眩惑的情景吧。

「……為什麼妳會在這裡……」

阿健不甘心又悲傷地呢喃。最不想在此時看到的人竟然在這裡……他的表情這麼吶喊，阿健難得地顯露出這樣的激動模樣。

「我不是叫你們不要遲到嗎？我一直在等你們呢！等著給你們看看我穿浴衣的模樣。」

綠姊姊搖著團扇，輕聲一笑。

石牆上，綠姊姊坐在它的邊緣，手裡抱著被草蓆包裹的我看煙火。她的嘴唇塗了鮮紅色的口紅，在夏夜的黑暗中顯得赤紅無比。

像瀑布般的機關煙火只剩下一半了，但是在它的光芒照耀下，綠姊姊美麗、妖艷得彷彿不是這個世上的生物，正露出微笑。

阿健和彌生陷入呆然，驚愕地睜大眼睛，望著那樣的綠姊姊。

「我一直想從這裡看一次煙火。從我還小的時候就……」

「綠姊姊，把那個給我……」

阿健用全身疼痛得四分五裂般的聲音擠出話來。

綠姊姊瞄了一眼阿健，視線又回到煙火上。

「我知道。你們想把五月丟進這個洞裡對吧？」

綠姊姊對阿健跟彌生說。

然後她眺望點綴著夏夜的光流。彷彿回憶著自己的孩提時代似地，刺眼地瞇上眼睛。

在死掉的我所知道的範圍內，綠姊姊的童年似乎過得相當艱辛。她死了爸爸，又被媽媽虐待。綠姊姊的笑容或許是克服、接受了那些艱辛與痛苦的悲傷笑容。

然後，綠姊姊不理會阿健的話，就要打開懷裡的草蓆包裹。綁在上面的繩子剛才已經斷掉，草蓆掀開了一半，但是她想要再打開另一半，確認我的臉。

「不行！綠姊姊不能打開它！」

阿健大叫。彌生看到那樣的阿健，終於大聲哭了起來。

但是綠姊姊的手溫柔地打開了草蓆。彷彿要安慰死掉的我、讓我的屍體觀賞煙火一樣。

在輕輕地被掀開的草蓆裡，我以仰望綠姊姊的姿勢露出臉來了。

綠姊姊窺看我已經開始腐敗、醜陋地變色的臉。從死掉的時候就一直睜開著的我的眼睛，捕捉到飄浮在夏夜中的星星和月亮。

綠姊姊溫柔地闔上我的眼皮，「辛苦妳了。」她對我說出曾經也對阿健說過的話。

將這樣的我們從夜裡照亮的煙火瀑布也已經接近尾聲。然後唐突地，宛如一種生命態度、一種虛幻而激烈的人生終將結束，最後的光之花朵散去了。

就這樣，光的洪水消失，只在人們的心中留下它的餘韻。

迫不及待地，夏夜的黑暗在我們的上方展開羽翼。

在只有星光的黑暗當中聆聽著遠方傳來的崩壞聲響的阿健與彌生，他們的耳朵裡溫柔地潛進了綠姊姊「咯咯」的可愛笑聲……。

田裡的稻子染上金黃色，被碩大的稻穗壓低了頭的時候，神社的石牆要被拆除了。

在石牆的周圍，現在推土機和穿著作業服的大人們正在進行工程。

「喂，來這裡一下，有好玩的東西！」

正在進行作業的一個人說。男人指的方向，是被打掉一半，就像被切開的蛋糕般露出中間壁面的石牆。只有那一部分形成了一個像水井般直立的空洞。

「這是什麼啊……？簡直就是個大垃圾坑嘛……」

另一個男人插嘴。就像那個人說的，塞滿了裡面的垃圾足足有大人的身高那麼高。垃圾積蓄、凝固在那裡，彷彿它就是石牆的歷史。

即使如此，上面的垃圾相較起來還沒怎麼腐爛，因為是塑膠製的零食袋嗎？

「喂，還有面具跟貝殼陀螺呢！真浪費……」

不曉得是不是誰不小心掉下去的，或者是為了與童年的自己道別而主動丟下去的，那些玩具都裝在袋子裡。

更下面的地方有不少腐爛的紙。用毛筆寫的什麼東西、變成黃色的紙張等等，被雨水淋得不成原形，沾黏在一起。就像孩子們所丟棄的回憶被塞進裡面，花上變成大人、直到死亡的漫長時間，被凝縮為一體似的。

一個男人在裡面發現了奇怪的東西。

「喂，你們看……」

那個東西看起來像頭髮。從它的長度推測，就像有個小女孩被丟在洞裡一樣。

發現的男人戰戰兢兢地拉扯那些頭髮。

頭髮毫無抵抗地從垃圾中被拉出，底下約兒童大小的半腐爛的臉和身體，也跟著滑落到男人們的面前。

「哇……！」

那異樣的形姿讓其中一個男人發出膽怯的叫聲，當場癱坐下去。另一個人嘲笑那個男人：

「喂喂，要是真的也就算了……」

出現的是一個日本人偶，被丟棄之前應該相當地美麗精緻。雖然在漫長的歲月中腐壞了，卻依然看得出那是個女孩子的人偶。

秋季裡悠閒的小事件，讓原本應該成為我的棺材的地方，被兩名作業員開朗的笑聲包圍了。

「喏，幸好你們有照我說的做吧？阿健，你不覺得嗎？」

望著拆除作業進行，彌生和綠姊姊挾著阿健，並坐在社殿的木頭樓梯上。就像我還活著的時候，三個人一起坐在樹上的祕密基地時的情景。

遮蔽夏季強烈陽光的樹葉也換上了黃色的衣裳，飄然落下。延伸在三人面前的神社石板路已經被點綴成褐色及黃色的點描風景。

「是啊。要是沒有聽綠姊姊的話，現在或許已經鬧翻天了。」

聽到這句話，綠姊姊高興得笑逐顏開。

「就是啊，不能小看十九歲的情報蒐集力唷！說起來，要拆掉那個石牆蓋村子的公民館的計畫，很久以前就有了。可是因為那是戰時燒燬的社殿難得留下來的遺蹟，所以才沒有拆掉的。不過今年不是有個小朋友掉下去，事情鬧得很大嗎？所以才突然決定要拆掉的。

大人真是自私的生物呢。破壞小孩子們遊玩的珍貴場地，又抱怨『現代的小孩子都不去外面玩了』。」

綠姊姊說著，俯視一旁的阿健。再過個五、六年，他應該就會長得和自己差不多高了。綠姊姊想著這種事，愛憐地注視著阿健。

「綠姊姊，妳真的幫了我們大忙。被發現的時候，我還真的不曉得會變得怎樣呢。沒想到妳竟然還幫忙我們處理五月。」

阿健由衷感嘆地說，眼裡充滿了尊敬的神色。

被那樣的眼神注視，綠姊姊覺得愉快極了。

「交給我吧！處理祕密的屍體，這種事我習慣了。

我不會把你交給警察或任何人的，放心吧。」

綠姊姊的紅唇露出微笑的形狀，溫柔地用手指撫摸阿健的臉頰。塗上紅色指甲油的指甲猥褻地滑過阿健的臉頰。

接著，她引誘下一句話似地凝視阿健的眼睛。

「我好尊敬綠姊姊。」

阿健開朗地說出這句話。

綠姊姊既感動又高興地摟過他的身子。讓阿健幾乎無法呼吸地，把他的臉按進自己的胸口。

綠姊姊自己也知道體內的深處熱了起來，然後她思考。

——這樣一來，我也能跟我的壞習慣說再見了吧……。

彌生默默地閉著眼睛，聆聽兩個人的對話。彌生終究還是沒有說出是她殺了我。只要騙說我是從樹上掉下來死掉的，彌生或許就不會被問罪。但是彌生是因為心虛、害怕，所以連這種謊言也無法告訴父母，因為她擔心是她殺了我的事實可能會因此曝光。

秋風吹過神社境內。已經是冬天了嗎？那道風感覺有些寒冷。風捲起秋色的樹葉，撒落坐在樓梯的三個人身上。

綠姊姊撿起勾在阿健頭髮上的枯葉，溫柔地露出天使般的微笑——一面回想起自己至今為止罪孽深重的種種行為，一面用身體感覺著這個肖似沉睡在自己心底的小惡魔的男孩。

那個洞穴，是以前的工人偷工減料所留下的嗎？戰前上面曾建築著宏偉社殿的石牆，此刻大致已被拆除；如今，一個時代就要過去。

應該與石牆共同沉眠的各個時代的孩子們的回憶，被秋風包圍著，宛如夏季的虛幻夢物語般地消失了。

在依然藏著我的拖鞋的木頭樓梯上，坐在社殿裡祭祀的神明面前，三個罪孽深重的人們望著這副情景，靜靜地微笑著。

對著他們應該會到來的未來、對著他們已逝的孩提時光……。

我被綠姊姊搬運，來到這個寒冷的地方。

這裡是冰淇淋工廠附有冷凍設備的倉庫，我被帶到了似乎不會有任何人過來的倉庫底部。

事實上，會到這裡來的人，除了綠姊姊之外沒有別人了。

這裡一整年都是寒冬，沒有季節流逝。有生命的物體若是在這裡待上一天，一定會被凍死吧。

可是，我一點都不寂寞。

若問為什麼，因為來到這裡之後，我交了許多新朋友。

他們全都是男生，長相都和阿健有點相似。然後他們都和我一起玩「竹籠眼」。

雖然大家都一臉慘白，我還是和他們玩得很高興。

我，還有被綁架並帶到這裡來的朋友們所唱的「竹籠眼」的歌聲，在工廠的倉庫裡荒涼地、寂寞地迴響著。

優子

那一天，抵達家門的政義看到的，是優子被烈火焚身的模樣。政義大叫著跑近優子，把火撲滅，但是一切都已經太遲了。

政義不斷地哭泣。對不起。對不起。比起失去優子的悲傷，懺悔之意更先充塞了胸口。

因為政義想起了過去母親曾經告訴過他的事。

好幾代以前，來到鳥越家的女人和她的孩子的事。

孩子握在手中的花朵的事。

政義抱緊優子，仰望天空，但是那裡沒有月亮的蹤跡。

一、清音

這是那場大戰終結之後還沒有經過多久的事。

清音住進鳥越家工作已經過了兩個星期，她的身體已經熟悉屋子的格局以及工作的內容了。這是她生平第一次出來工作，卻不覺得特別勞累或辛苦。對於這一家的主人提供自己這樣的人一個工作的地方，清音反倒覺得感謝。

今晚要煮些什麼呢？老爺到底喜歡什麼樣的料理呢？清音站在鳥越家寬闊的庭院一角的舊門邊，這麼想道。門旁靜悄悄地生長著繡球花，以及結了黑色果實的植物。

這陣子是梅雨季，天空陰沉得隨時都像會下雨。清音站在那裡對繡球花看得入迷，門的另一頭傳來了木屐「喀啦、喀啦」的清脆聲響。清音望向門扉另一頭幾乎被竹林埋沒的細長石板路，看見這一家的主人往這裡走了過來。主人踩出遠遠地傳到這裡的「喀啦、喀啦」聲，以柔和的視線望向清音。

「老爺，您回來了。」

主人來到門邊的時候，清音恭敬地低頭打招呼。

「清音，我回來了。」

主人來到清音身邊，停下腳步，視線停留在低下頭來的清音背後的繡球花。

「繡球花開了呢，已經是這種季節了。」

主人將雙手交叉插進和服的袖子微笑著，瞬間清音盯住了他那張年輕的臉龐。

簡直就像個女人。每當看見主人的臉，清音就會這麼想。如果頭髮再留長一點，嘴唇點上口紅的話，一定會像個日本人偶般魅力十足吧。

主人名叫政義，從事筆耕，鋼筆在他細白的手指上形成了硬繭，讓清音覺得惋惜無比。政義是清音父親的朋友。

「清音，工作已經習慣了嗎？」

政義瞇起眼睛問。

「還年輕的妳要一個人打理所有的家事，一定很辛苦吧。」

沒有這回事。清音無法適切地以恭敬的措詞述說湧上心頭的感謝之意，只能生硬地露出笑容。除了唯一一個小小疑問之外，清音很喜歡鳥越家。

忽地，清音注意到沒看見政義離開家門時拿在手上的褐色厚信封袋，她知道政義剛才是去這個村落裡唯一的一個郵筒那裡了。

「您吩咐一聲的話，我可以替老爺拿去寄啊。」

「不，沒關係。偶爾我也得離開房間，到外頭走走。」

「這樣啊。可是，真的可以不打掃那個房間嗎？」

「嗯，優子會打掃。」

聽到「優子」兩個字，清音嚇了一跳。每次聽到這個名字，她都會嚇一跳。

「那個……太太身體還好嗎？」

頓時，政義的臉色變得連清音都看得出的陰沉。和天空一樣——清音心想。

「不怎麼好，恐怕好一陣子都……」

可是在清音聽來，他的心情卻毫無真實感。清音來到鳥越家之後，已經經過兩個星期了，卻連優子的臉都還沒見過，只聽說她在政義的房間裡，過著接近臥床不起的生活。這個人的妻子究竟是個什麼樣的女子？每當政義提到優子，清音就這麼想。

「說到繡球花……」

政義走近開在清音身旁的繡球花。於是，他衣服上的味道飄進了清音的鼻腔裡。

「妳知道嗎？繡球花的花瓣並不是這個。」

政義指著染成淡藍色的繡球花。

「這個像藍色花瓣的部分，其實是繡球花的花萼，是假的唷。」

不知為何，清音的胸口怦然跳動起來。她不知道為什麼。

「繡球花跟雨水真是相映成輝。咦，這些長著黑色果實的植物是什麼？」

政義看到生長在繡球花旁的黑色果實，感到納悶。蹲下身子，把鼻尖湊近黑色果實的政義模樣滑稽，讓清音有些鬆了一口氣。

那是漆黑的果實。黑色的果實約有小指頭大小，帶有光澤，一顆顆地零星生長著。

「好漂亮的黑色呢。」

政義說完，踩著木屐往玄關那裡去了。「喀啦、喀啦」的清澈聲響傳進清音耳裡。

清音深深地吸了一口氣。帶有驟雨之前的森林氣味般的空氣充塞肺部，清音忍不住嗆咳起來。

往政義離去的方向看，鳥越家就像伸展出羽翼一般坐落在那裡。但是清音實在無法相信自己現在就在如此宏偉的宅第工作。鋪滿沙礫的庭院、從大門連接玄關的石板路和踏腳石，都是她至今未曾見過的。

清音想著那個名叫優子，至今尚未謀面的女子。

政義總是和優子一起在自己的房間用餐。所以每到吃飯的時間，清音便將兩人份的餐點放在托盤上，送到政義的房間前面。送餐時經過的走廊兩側是裸露出來的土牆。它被並排在一起的房間紙門挾在中間，沒有窗戶，平常總是一片陰暗。每當踏過走廊光滑的老舊黑木板，就會發出「嘰、嘰」的聲音，所以他們才會知道清音送餐過來吧。每次清音來到房間前面，要出聲通知自己送飯過來之前，政義總是會先從紙門裡頭出聲：

「放在那裡就好，謝謝。」

清音把盛裝餐點的托盤擺在政義與優子應該在的房間前面，就這樣折回去了。所以，她未曾看過那個房間的紙門打開的樣子。

老爺跟太太都是奇特的人，清音這麼想。她覺得政義跟優子是故意不在她面前打開紙門的，這令她難以忍受。兩個人似乎豎起了耳朵，警戒著她在走廊上行走時發出的地板「嘰、嘰」的摩擦聲，讓她感到毛骨悚然。烏越家陰暗潮濕而且漫長的走廊上，較遠的地方或角落總是沉澱著黑暗。來到這個家之後，清音好幾次在那些地方感覺到讓她嫌惡無比的視線。走廊的牆壁上裝飾著般若面具及天狗面具，就連這些面具也似乎會在她移開視線的瞬間改變表情，讓清音忍不住加快腳步。

清音剛開始到烏越家工作的某一天，她到政義和優子的房間去收回托盤。政義和優子都會把用完的餐具放在房間前面，就和清音送飯來的時候一樣，托盤孤伶伶地放在走廊上，因此清音總是默默地將它帶回廚房。

這一天，晚餐的配菜是天婦羅。清音小的時候，父親只帶她去吃過一次天婦羅，從此之後就再也沒吃過了。所以自己做天婦羅給政義和優子吃，讓她感到不安。

這樣就可以了嗎？這是天婦羅正確的味道嗎？清音將記憶中的天婦羅一次次地與眼前的成品互相比較，思考。

清音總是到隔壁村落的某一戶人家去買菜，也順便請他們教導料理的方法。天婦羅也是照著人家教她的做，但是清音無從得知這是否是正確的做法。所以她到政義與優子的房間前去收餐具的時候，看到飯菜剩下了一半，內心充滿了深深的歉疚之情。

怎麼辦？要出聲嗎？是不是該問我做的天婦羅哪裡不好？清音拿著飯菜還剩下一半的托盤，在房間前猶豫。

但是就在這個時候，房間裡傳來政義溫柔的聲音。紙門依然關著，清音覺得隔著紙門對話的感覺好奇怪。

「清音，有空嗎？」

清音想：來了。

「清音，從明天開始，我和優子的飯菜，量可以各減少一半嗎？」

量各減少一半，這到底是什麼意思呢？我做的菜有這麼難吃嗎？已經不想再吃了嗎？

「我們的食量都很小。因為我們幾乎都沒有在活動筋骨，所以從明天開始，可以把飯菜的量減少一半嗎？」

「請問……」

清音戰戰兢兢地詢問政義。

「請問……，難道是我的菜做得不好嗎？如果是那樣的話，請您直說無妨……」

結果，紙門裡傳來政義爽朗的笑聲。

「妳做的天婦羅真的很好吃唷！」

清音感覺到臉頰倏地燙了起來，慌忙離開。但是，雖然聽見了政義的笑聲，卻沒有聽見優子的笑聲——當晚在被窩裡翻身的時候，清音才發現這件事。

飯菜的材料，大半都放在可以從廚房直接出入的一個像儲藏室的地方。那裡塞滿了被乾燥變白的泥土覆蓋的紙箱，還有佈滿塵埃的暖爐等各式各樣的東西。每當進入那個儲藏室，裡頭總是充滿了潮濕稻草般的倉庫氣味。

紙箱裡總是裝滿了馬鈴薯和紅蘿蔔等隔壁村落買來的蔬菜，但是有一天，清音查看裡面的時候，卻發現已經空了。

怎麼辦，這樣就不能準備午餐了。清音順序打開其他的箱子。紙箱似乎因為受潮而變得柔軟，但是沾附在上面的泥土卻是乾燥的。這樣摸來摸去，手指沾得粉白，逐漸變得冰冷了。

每個箱子幾乎都是空的，看樣子沒有任何可以拿來當午餐材料的蔬菜。怎麼辦，應該早點發現材料用完的。清音責怪自己的疏忽。即使如此，她還是不放棄，把臉貼在儲藏室滿是灰塵的石板地面，尋找料理的材料。結果，清音終於找到一個藏在暖爐後面的紙箱。

清音鬆了一口氣，移動暖爐，想要確認紙箱的內容。此時她感覺到暖爐相當沉重，搬起來的時候，有一種裡面可能還裝著燈油的觸感。

那個箱子裡面還剩下一些微微發黃的舊白蘿蔔和洋蔥，似乎可以勉強做出給政義和優子吃的飯菜。

至於我的份……算了。我去摘果實什麼的吃就行了。

清音這麼想的時候，發現設置在儲藏室牆壁的架子上並排著許多木箱。以表面粗糙的木頭製作的那些箱子上寫著「人偶」，字跡和箱子本身似乎都相當陳舊了。

人偶這兩個字吸引了清音。清音不會讀漢字，但是因為父親是人偶師，所以她知道「人偶」這兩個字的形狀和它的意義。

排在那裡的箱子裡頭裝的全部都是人偶嗎？如果是的話，數量還真不少，或許那裡面也有人偶師的父親的作品。

清音敗給了好奇心，決定打開其中一個木箱看看，她踮起腳尖，慎重地把箱子從架子上取下。抬起箱子的時候，她感到意外。取下來打開蓋子一看，她明白為什麼箱子會這麼輕了。

木箱是空的。其他的木箱也全都是空的，應該收在裡面的大量的人偶，連一個都見不著。

這天下午，清音決定到隔壁的村落去買蔬菜。她告訴政義這件事，政義便大方地給了她許多錢。

「這個家裡沒有汽車，不過妳可以拿倉庫裡的板車去用。自己一個人沒問題嗎？要是很重的話，就請店家的人送過來吧。」

清音道謝，回答「沒問題」，離開了家門。

即使是空無一物的板車，拉起來也相當吃力，但是一開始滑動，不需要太多力氣，它也會自己前進。

清音穿過鳥越家的門，和板車一起走上有如開拓竹林設置的石板小徑。

不過話說回來，還真是搞不懂。為什麼老爺特地要我到隔壁村落去買菜呢？為什麼不願意讓我在這個村落買東西呢？

這麼說來，清音感覺到住在這一帶的人，看著自己的視線中有一種僵硬的觸感。她拉著板車，就算向村人打招呼，他們也盡是別開視線，簡直就像自己對這一帶的人來說是個麻煩似的。

村落與村落之間是一望無際的田地，筆直地順著崎嶇不平的道路走去，就是隔壁的村落，那裡有著鳥越家總是光顧的人家。他們販賣蔬菜給清音，親切熱心地教導不太會料理的清音下廚的訣竅；那一家的人待清音一視同仁，相當親切，所以清音非常喜歡他們。

梅雨季節難得晴朗的天空下，清音拉著板車，走在遍佈大小石礫的道路上，結果看見一輛三輪卡車從隔壁村落過來。道路的寬度不太夠板車和卡車同時並排，卡車來到清音前面之後，便停到路邊，等待清音通過。

清音道謝之後，想要迅速地穿過旁邊好讓出路來，卻被卡車的司機叫住了。

「妳……是鳥越家派出來辦事的嗎？」

看樣子，這個司機是隔壁村落的人。

「是的。」清音回答。

「哦……」司機摩擦著下巴，粗魯地說：「嗳，加油吧！」

這句話雖然冷淡，卻隱約帶著暖意，清音覺得她瞭解政義為何要她特地到隔壁村落來買菜了。

麥子收割完畢的田裡稍稍變暗，抬頭一看，一片雲朵遮住太陽似地浮在那裡。

二、房間

政義在他約十張榻榻米大小的房間裡寫東西。他坐在房間角落的椅子上，鋼筆在稿紙上滑動著。

房間的另一角有一個巨大的老舊三面鏡，左右門扉的把手上以紅繩子順時針纏繞，不讓它擅自打開。房間反方向的另一側裝飾著許多的人偶。長頭髮的日本人偶占了絕大多數，它們全都將白皙的臉朝向房間的中心，面無表情地佇立著。進入這個房間的人會被這些人偶所包圍，陷入一種被陌生的孩子們面無表情地團團圍繞的感覺。

人偶們的前面鋪著一張床。

政義停下撰稿的手，望向床鋪，那裡躺著政義稱為優子的女人。

優子從被窩裡目不轉睛地凝視著政義。

忽地，政義的耳朵聽見了優子的聲音。

親愛的，我看到清音的臉了。

那是細微到幾乎聽不見的聲音，但是政義確實地聽見了。

「那孩子很伶俐吧？」

是啊，我只是從紙門的隙縫裡瞥見她從外面經過而已，不過她還很年輕呢。工作不辛苦嗎？

政義站起來，走到躺著的優子身邊，溫柔地把手放到隆起的被子上。

那孩子不在的時候，我去了廚房，結果在那裡看到寫著料理方法的紙張呢，用平假名寫的。

「哦，那孩子學校沒有畢業，所以只會寫平假名。」

那樣就很不了起了啊。

聲音相當微弱。政義聽見的優子的聲音微微地顫抖，彷彿隨時都會消失。

學校沒有畢業，卻會讀平假名，真是了不起。

「是啊。那孩子的父親因為肺結核過世的時候，我看到家裡只剩下她孤苦伶仃的一個人，覺得很可憐，所以才收留了她，不過我覺得雇了她真是對的。這麼說來，那孩子到我們家的時候，還帶著父親做的人偶呢。兒童的人偶。」

政義以三根手指溫柔地撫摸優子白皙平滑的臉頰曲線。於是他看見優子幾乎沒有生氣、神色冰冷的臉龐彷彿綻放出微笑來。

優子有時候會茫茫然地沉默下去，讓政義擔心。她的視線朦朧，不曉得在看什麼地方，有的時候好像連政義的聲音都聽不見。優子簡直就像去了不同的世界，讓政義不安極了。

清音送來料理時，走廊會發出「嘰、嘰」的聲響，讓政義和優子得知飯菜送來了。政義道謝，豎耳傾聽，聽到清音在走廊上遠離的聲音後，再將放在紙門前的料理托盤拿進房間裡。

但是，優子茫然沉默地坐在被窩上的時候，就算料理送來，她也不會有任何反應；即使政義把筷子塞進優子纖細的手指裡，她也完全沒有要用餐的樣子。這種時候，政義總是害怕起來，呼喚優子的名字。

「優子、優子！」

他搖晃優子單薄的肩膀，優子光滑的長髮激烈地晃動，直到聽見「親愛的，你怎麼了？」的聲音傳來，政義才鬆了一口氣。

這種時候，優子望著政義的表情既溫柔又充滿了慈愛。政義總是會有一種錯覺，覺得優子異樣端正得宛如不屬於這個世界的五官，以及那白皙肌膚的顏色，全都變得巨大，彷彿要將自己吞沒進去似的。

親愛的，你怎麼了？

三、隙縫

鳥越家的庭院有如神社的境內般寬闊，形狀優美的大石頭和石燈籠不經意地點綴在各處。用老竹粗糙地編製的圍牆包圍住整個庭院。庭院的外側是竹林，清音經常聽到竹林被風吹得沙沙作響的聲音。到了夕陽西下的黃昏時分，以染成一片橘色的天空為背景，竹林看起來既巨大又陰森。竹林隨著風吹而擺動的模樣，看起來就像在遠處吼叫著什麼的動物。

這條路是什麼？

經過平常不會路過的屋子後面時，清音第一次發現到隱密地通往竹林深處的小徑。那是她正想差不多該準備晚餐的時間。

是什麼呢？

清音納悶地窺看竹林深處，但是小徑似乎在竹林裡有些彎曲，無法看見前面究竟有些什麼。結果，清音雖然掛意著那條小徑，卻還是回到屋子裡，開始削起馬鈴薯皮。

隔天，清音試著走進那條通往竹林裡的小徑。天空灰濛濛的，抬頭一看，從小徑兩側包圍上來的竹林直挺挺地伸向天空。竹子筆直地收束到天空的一點，在清音看來，竹子彷彿緊緊地包圍了她的四周。

小徑兩側長滿了茂盛而高大的草，有些甚至高到可以搔到清音的鼻子。即使如此，小徑依然漫無止境地延續，最後來到一塊墓地。

那是個宏偉的墓地。並非只有一塊孤伶伶的墓標，而是由許多大石頭堆砌而成的墓，上面立了根石柱，刻著某人的名字。

墳墓還不是太老舊。

清音走近去看。墓地四周和竹林之間有一些隙縫，一條蛇扭動著身軀，忙碌地前進。

這是誰的墓呢？她看不懂漢字。

供在墓前的花早已泛黑，旁邊擺著一根就要腐爛的小竹筍。

回到小徑，來到庭院的時候，原本陰沉的天空撫摸似地下起了柔軟的雨絲。

糟了，不快點把衣物收進來就不好了。清音稍微小跑步起來，趕往曬衣服的地方。

廚房的後門邊，從屋頂用繩子吊著曬衣竿；那根已經褪色的竹製曬衣竿上晾掛著洗好的衣物。

清音迅速地用雙手抱滿衣物，搬進屋子裡，然後又重覆了一次。最近一直下著小雨，但也不應該因為這樣就勉強在陰天曬衣服的，清音這麼後悔。

第二次搬回衣物時，她發現可以從那裡看見的政義和優子的房間，紙門微微地開著。

把衣物全部搬進屋子後，清音鬆了一口氣。但是剛才看到的紙門隙縫頻頻掠過腦海，那個情景深入腦中不肯消失。清音來到這個家之後已經快一個月了，卻一次都沒看過政義和優子的房間。不只是這樣。清音連優子的影子都沒瞄見過一眼，雖然偶爾會洗到優子的白色睡衣，但是就連衣服也沒有哪裡特別骯髒。優子的睡衣乾淨得教清音忍不住懷疑，這些衣服真的有人穿過嗎？

清音實在不認為優子這個人真的住在這個家裡。

因為一直躺在床上，所以穿的衣服不怎麼會弄髒，因此換洗的衣物總是乾乾淨淨的。清音要自己這麼想，卻還是忍不住認為連一次都沒有見過優子是異常的。

太太一定是個很漂亮的人，清音想，因為是老爺的妻子嘛。因為是老爺的妻子。

一旦開始這麼想，清音就按捺不住了。她穿上草鞋，走出外面。外頭下著濛濛細雨。

她從那裡望向政義跟優子的房間。紙門還開著，但是看不見裡面。清音屏住氣息，慎重地前進，想要走過那個房間前面。慎重地，裝作若無其事地，只是偶然經過的感覺……。

隨著接近紙門的隙縫，清音的心臟跳得更加劇烈。政義和優子的房間外面有一條簷廊，下面有一塊平坦的大石頭。現在石頭上薄薄地積了一灘雨水，上頭只放了一雙草鞋。

我只是經過前面而已，只是稍微瞄到房間裡一下子而已。

雖然走路的樣子變得很不自然，清音還是用眼角捕捉到紙門的紙張有些褪成了黃色，然後她從微微開啟的紙門隙縫間，更進一步確認到一個三面鏡，也看得到椅子，沒有人坐在上面。

雨水也淋到自己身上，衣服濕透，握緊的掌心也被汗水沾濕了。紙門的隙縫間看得見擺滿了房間一整面的眾多人偶的白臉，人偶前面鋪著一床被子。被子是隆起的，裡面好像有人躺著。但是清音通過隙縫前的一瞬間所看到的，卻是躺在被窩裡，面無表情地望著這裡的人偶之姿。

隔天清音閒下來之後，離開鳥越家去拜訪靜枝的家。靜枝是以前在鳥越家工作的女孩，清音開始在鳥越家工作之前的六個月左右，她便辭掉在鳥越家幫傭的工作，嫁到隔壁村落去了。清音偶爾會請靜枝教她料理和裁縫，每當清音來訪，靜枝就會親切地歡迎她。

「怎麼了?今天沒什麼精神呢。」

聽到靜枝這麼說，清音露出微笑，但是笑容很快就消失了。

兩個人並坐在簷廊上，喝著靜枝準備的茶。清音忽地抬起頭來，看見繡球花就開在前面，她覺得花朵的淡藍色與今天灰濛濛的天空真是相稱。

「喏，妳看，撿到的。」

這麼說的靜枝，手裡有一隻短毛的小貓。

「啊，好可愛……。好稀奇呢，是貓的人偶嗎？」

「傻瓜，是真的啦。」

看到清音稀奇地望著手中的小貓，靜枝瞇起了眼睛。

「這孩子沒地方去，在外頭遊盪著。一定是被別人養過的貓，要不然不會跟人這麼親近。看到這種迷路的小動物，我都會撿回家唷。」

「今天妳先生不在家嗎？」

清音啜飲著茶這麼問，靜枝輕聲笑了出來。

「去田裡了。」

「為什麼要笑？」

「因為那個人實在很好笑啊，他叫我待在家裡。」

清音不曉得哪裡好笑，感到納悶。

「我有小嬰兒了。」

「小嬰兒！」

清音望向靜枝的肚子，但是那裡還不怎麼圓鼓，只有小貓在膝上翻滾著。

「那不是很棒嗎！」

清音興奮無比，為靜枝高興。

「謝謝妳。那，清音那兒怎麼樣？工作辛不辛苦？」

「不會，我和爸爸真的都很感激老爺。只是……」

看到清音欲言又止，靜枝也沒有催促，喝著茶等待她說下去。

簷廊前面有塊小田地，上頭插著好幾根細棒子。綠色的藤蔓纏繞在上面，開出小小的花朵；在更前面的道路上，一個彎腰駝背的人正慢慢地走過去。

「那個……靜枝看過太太嗎？」

清音戰戰兢兢地問。

「太太？哦，看過啊。」

「咦!?」

「是個很漂亮的人唷。」

清音一臉意外地望著靜枝。昨天從紙門的隙縫間看見的情景中沒有優子的身影，這讓清音更搞不懂究竟有沒有優子這個人了。所以她今天終於按捺不住跑來找靜枝，想要商量這件事，但是聽到靜枝的話，她覺得自己真是可笑。

靜枝靜靜地把貓從膝蓋放下來之後，起身走近生長在眼前的樹木。樹幹雖細，卻大約有清音的兩倍高的那棵樹上，結著鮮紅色的小果實，靜枝摘下它送入口中。

「這是木半夏〔註〕的果實，清音要不要吃？」

靜枝說，為清音摘了三、四顆木半夏的果實，遞給她。

那是有光澤的小果實。清音把它放進嘴裡咬碎，又酸又甜的汁液在舌頭上漫延開來。

「很好吃吧?這種果實現在正是成熟的時候。可是種類不同，也有吃起來是苦的樹木。以為是甜的，結果吃下去竟是苦的。」

清音學靜枝把種子吐掉後說：

「我最近也碰到那樣的事。吃了一口果實，馬上就吐出來了，可是恐怖的味道卻一直黏在舌頭上，怎麼樣都弄不掉。用水漱口也不行。那天晚上我因為噁心和頭暈，完全無法入睡，差點死掉呢。」

清音又把一顆木半夏的果實丟進嘴裡咀嚼。

靜枝在面前笑著，清音感到一股靜謐的幸福感。不安、疑念，這些全都雲消霧散了。

「太好了……」

清音在掌中把玩著紅色的果實呢喃道。

老爺並不是在幻想，就是啊，真是的，自己到底是在想些什麼荒唐事啊？

「請妳再多說一點太太的事。」

靜枝看著清音，微微偏了偏頭。她的模樣就像在緩慢地挖掘出記憶。

「太太是個很白的人。」

「是白人嗎？」

「不是啦，傻瓜。」

靜枝瞇起眼睛笑了。

註：木半夏，學名Elaeagnus multiflora Thunb，胡頹子科植物，也稱牛脫、四月子。果實呈橢圓形紅色，可食用。

「是個膚色白皙，很纖細的人，真的很美。太太總是和老爺肩並著肩，一起坐在簷廊上。我一直很憧憬，希望將來自己也能夠變成那樣的一對夫婦。」

懷念地瞇起眼睛的靜枝，讓清音有些羨慕。

「我實在是個大傻瓜。」

聽到清音這麼說，靜枝吃了一驚。

「為什麼？」

「因為我一次都沒見過太太，所以一直以為鳥越家沒有那樣的人。我真是個大傻瓜呢。」

結果靜枝露出更加吃驚的表情，望向清音。

「妳在說什麼啊？太太在兩年左右以前就已經過世了。竹林裡不是有太太的墓嗎？那個時候的老爺真是可憐。我第一次看到那樣號哭得不成人形的老爺，看了都覺得可怕。」

清音不瞭解靜枝到底在說些什麼。當她話中的意義逐漸進入腦袋之後，清音把手裡的茶杯放到簷廊上，發出「叩」的一聲。

一站起來，腳似乎正無力地顫抖，眼前也彷彿暈眩起來似的；一回頭，她看見靜枝正一臉不可思議地望著這裡。

「清音，妳怎麼了？」

怎麼辦？要全部說出來嗎？政義至今為止的態度、從紙門隙縫間看到的人偶、還有從未見過的優子這個女人的事，要告訴靜枝嗎？可是要是說出來的話，會變成怎麼樣？自己說的話若是傳遍整個村落，人們究竟會用什麼樣的眼光看待政義？這麼一想，清音就感到難以忍受。「喀啦、喀啦」地踩著木屐走過來的政義、站在門邊談論繡球花的政義，他的身影浮現在腦海，讓清音不曉得究竟該如何是好了。

「清音？」

貓叫了。

但是清音完全聽不見。

無聲無息地，酸酸甜甜的小果實從清音的手中滑落地面。

「清音，我走了。」

目送政義出門之後，清音終於覺悟。現在的話，政義不在家。胸口難過得要命，這是清音迷惘了許久才終於做出的決定。

她經過發出「嘰、嘰」聲響、總是陰暗的走廊，在政義的房門前停下。現在，這個房間裡頭應該只有一個名叫優子的女性在裡面。清音在紙門前並攏雙膝跪坐，在顫抖的肩膀注入力氣，挺起胸膛。

「打……」

她的聲音沙啞無比。如果眼前的紙門另一頭真的有優子這個人的話，她會有多麼地安心啊。

「打擾了，我是清音。太太，太太，我是清音，請您回答我。求求您回答我……」

但是不管等了多久，清音還是聽不見任何一絲從紙門另一頭傳來的回應聲。

「太太！請您應聲！太太……！」

清音猶豫了一下，卻仍舊鼓起全身的勇氣，右手伸上紙門。她提心吊膽地推動紙門，隙縫逐漸打開，終於到了可以看見整個房間的程度。

清音跪坐在原地，仔細地掃視房間的每一個角落。

黃色的陽光透過格子窗微弱地照亮房間，但是與光線同等的黑暗占據了房間各處。那裡有著身體的一半化入黑暗一般的女孩子人偶，一個、兩個地數去，數量竟然高達五十。失去血色的那些臉面無表情地排列在那裡，在清音看來，既像在哭也像在笑。更不可思議的是，人偶的前面鋪著白色的床鋪，清音望向那裡，看見和昨天一樣的那個膚色白皙的長髮人偶被輕柔地擺在裡面。果然，這個人偶和其他的人偶相比，似乎更有著不可思議的魔力；看著那張白皙的臉，清音感覺到一種像要被吸進去似的、駭人卻又有點像在做夢般的錯覺。

清音慌忙從人偶身上別開視線，甩頭望向房間的另一邊。

清音看不到被稱做優子的人。

房間的另一邊，有個紙門上畫著青色富士山的壁櫥，還有應該是政義平常坐著寫東西的椅子。椅子前有張浮出木紋、綻放光澤的木桌，幾隻鋼筆整齊地排放在上面，等待主人歸來。看著那些東西，清音不知為何感到寂寞悲傷起來。

她在房間的角落發現了一個奇怪的古老三面鏡。兩邊的門扉緊閉，把手不知為何被紅色的繩索順時針方向地纏繞在一起。可是說到那個三面鏡奇怪的地方，也只有比房間裡其他的東西舊了一些而已。三面鏡上並沒有任何雕刻，也不是用有光澤的木頭製成的。但是明明已經很陳舊了，卻沒有買新的來替代，依然保留在烏越家中，到底是為什麼呢？

清音解開繩子，靜靜地打開兩側的門扉。結果裡頭的鏡子就像蜘蛛網一樣，佈滿了裂痕。能夠正面映照出物主的臉的地方，就只有鏡子角落一小塊沒有裂痕的部分而已。

這個時候，清音一瞬間似乎在鏡子沒有裂痕的那一小塊地方，看到臉色白皙的女人正望著自己。清音「呀」地輕叫並回頭的瞬間，她的右肘撞到了三面鏡，鏡子上的碎片掉下了幾塊。然而張大眼睛仔細一瞧，自己的身後根本沒有什麼白臉的女人，清音卻感覺到有如冰冷的蛇爬過背脊一般，驚駭不已。

她急忙撿起碎片，關上三面鏡的門扉。把紅繩子纏上把手之後，頭也不回地奔過陰暗的走廊。

清音害怕地哭著回到自己的房間，緊緊地抱住父親做的人偶，蜷縮在房間角落。

四、鏡子

「優子，我回來了。」

打開紙門，回到自己的房間後，政義出聲說道。

「有沒有發生什麼事，優子？」

嗯，什麼事都沒有。

「這樣嗎？那就好。沒有人進來這裡吧？那很好。」

但是，政義不經意地望向放在房間角落的古老三面鏡時，卻注意到一件不可思議的事。政義走近三面鏡，想要瞧個仔細，但是他一把臉湊近，就發出了叫聲。

「這是怎麼回事？優子，不可以說謊啊。今天有誰進來了，對吧？然後那人打開這個三面鏡了。優子，不可以說謊啊。」

為什麼這麼說？你為什麼要這樣懷疑我的話？真的沒有發生任何特別的事的。

「不可能的，優子。喏，妳看看這個三面鏡的繩子。這個三面鏡已經舊了，有時候門會自己打開。所以我才用紅繩子綁住兩邊的門，好讓它不會自己打開。」

那又怎麼了嗎？它現在不就是這樣嗎？

「不對的，優子。紅繩子平常都是順時針方向纏繞的，但是妳看，今天的繩子卻是往反時針方向旋轉。這到底是怎麼一回事呢？」

啊，親愛的，那是我打開的，是我打開了三面鏡的門的。

結果，政義打開三面鏡的兩扇門，確認裡面之後，發出了更驚訝的叫聲。

「優子，裡面的鏡子破掉了，碎片應該掉在地上的。」

親愛的，鏡子的話，從以前就是破的不是嗎？

「不，優子，不對。以前雖然裂開了，但是沒有任何缺損。可是優子，這裡和這裡都掉了。碎片應該掉在地上才對，卻哪兒都找不到啊，優子。」

政義走近林立在房間當中的一具白臉人偶，輕柔地撫摸它的頭髮之後，以溫柔的聲音說了：

「喏，老實說吧，優子。今天清音進來房間裡了，對吧？妳為了包庇清音，才說謊的，對吧？」

……嗯，你說的沒錯。清音進來房間裡了。

「這樣。可是那樣的話，妳到底是怎麼了呢？妳沒有告訴清音不可以進來這個房間嗎？沒有告訴她不可以碰那個鏡子嗎？」

啊，對不起。清音進來房裡的時候，我好像有點恍惚。可是幸好我剛好醒來，好好地跟她說了，快點離開這個房間，我跟清音說了。可是親愛的，請你不要責罵清音。

政義如同人偶般的臉孔面無表情盯著鏡子缺損的部分。

「嗯，優子，我不會責罵清音的。只是，我還是希望她把鏡子的碎片還回來，這樣而已。」

夕陽將格子窗照得紅灼灼的，只有這個時候，人偶的臉頰也宛如活生生的嬰兒般，被染得赤紅，變得柔軟。

五、優子

再也無法忍受了。清音想。

這是昨晚發生的事。清音到政義的房間去收餐具的時候，她所看到的餐具果然還是有不對勁的地方。

木托盤放在紙門前，上面擺著幾個空掉的碗盤，這是正確的。有政義和優子兩個人份的筷子和茶杯，也是正確的。但是政義和優子卻完全沒碰同樣的飯菜，就這樣剩下，這究竟是為什麼？清音覺得不可思議極了，忍不住詢問應該在房間裡的政義。

「老爺，老爺，我有事想請教您，可以嗎？」

於是紙門的另一頭傳來政義的聲音。

「有什麼事嗎？清音。」

政義的聲音就像平常一樣溫柔，這讓清音覺得胸口彷彿被揪緊了。

「老爺，今晚的飯菜中的燉竹筴魚不合您的胃口嗎？請您老實地告訴我。」

「不，妳做的菜餚沒有任何不好。只是我跟優子都很不喜歡竹筴魚。是我疏忽，沒有先告訴妳。所以雖然明知道這是很失禮的，我和優子還是都把燉竹筴魚剩下來了。」

「可是、可是，老爺和太太兩個人都不喜歡竹筴魚嗎？兩個人都討厭竹筴魚，到了連放進嘴裡都不願意的地步嗎？」

「嗯，是啊，清音。」

清音想到，這麼說來，很久以前兩個人也曾經把料理剩下來過。對了，那個時候自己還是個搞不清楚狀況的新手。所以也不曉得兩個人胃口都很小，做了許多的飯菜送來。

想到這裡，清音赫然一驚。那個時候，老爺和太太都把飯菜各留下了一半。然後老爺對我說：以後我和優子的飯菜，份量只要一半就行了。那究竟是什麼意思？照老爺的話來看，兩個人的食量都只有一般人的一半左右。換句話說，把老爺和太太兩個人的飯菜合在一起的話，不就正好是一人份了？這到底是怎麼回事？如果老爺說的全是謊話……。

不，不可能有這種事。清音不希望有這種事。可是如果優子這個人真的早就不存在於這個世上的話……。

清音想像政義假扮成優子，用著兩人份的飯菜的模樣。

一開始，身為政義的政義用筷子挾起菜餚送進口中，然後假扮成優子的政義接著用餐。

接下來，政義對著不在那裡的優子溫柔地呢喃，然後自己裝出優子的口吻，回答自己的話。

用餐就這樣進行，直到吃不下的飯菜各留下了一半。

政義不會吃的竹筴魚，優子的盤子上也一樣留著。

若問為什麼，因為優子就是政義。

優子的飯菜前一定是坐著那個躺在被窩裡的人偶。然而即使如此，政義還是相信除了自己以外還有一個叫優子的人在房間裡。啊啊，這是多麼可怕的惡夢。清音幾乎就要陷入暈眩。

老爺，名叫優子的太太早在兩年前過世，被埋葬在竹林裡的墓地了，不是嗎？

清音從政義的房間回到廚房的途中，再也無法忍耐泉湧而出的淚水。淚水滴落到手中托盤的飯碗裡，即使如此，走廊仍舊「嘰、嘰」地發出聲響。

隔天，清音終於立下了一個決心。契機是政義突然的外出。

「清音，我中午之後得出遠門一趟才行，回來應該很晚了。」

政義一身外出的隆重打扮，手裡提著一個難得拿出來的大型黑提包。

「清音。」

說這句話的時候，政義目不轉睛地凝視著清音的眼睛。

「絕對不可以進去優子的房間裡，知道嗎？」

清音吃了一驚。

「聽到了嗎？絕對不可以進去那個房間，請妳答應我。」

「是的，我明白了。我絕對不會進去太太的房間裡的。」

清音這麼回答的聲音有些顫抖。

聽到清音的回答後，政義離開了鳥越家。今天他難得沒有穿木屐，所以沒有傳來「喀啦、喀啦」的聲響；在大門處送行的清音很快地就剩下一個人了。

今天就結束了，老爺。清音對著已經看不見的政義，在內心說道。老爺，您今天回到這個家的時候，棲息在您腦中的太太，應該就會真的從這個世上消失了。啊，這麼一來，您一定會討厭我，您一定會憎恨我。可是，我再也無法忍耐了。我和您，都不要再做夢了吧。我相信當您醒來的時候，迎接您的將會是個空氣清新的美麗早晨。

「太太，太太，我送晚餐來了。」

清音這樣對著房間裡呼喚，卻仍然沒有任何回應的聲音。為了慎重起見，清音還是將優子一人份的晚餐放在房間前面。要是來收餐具的時候，那些飯菜已經不見的話，就代表優子這個人吃掉了這些飯菜，表示優子這個人真的存在。

我正在做背叛老爺的事。

清音一面將遺忘在暖爐裡的燈油用漏斗裝進一升瓶裡，一面想道。吊在儲藏室天花板的電燈泡微弱的橘色燈光搖晃著照亮手邊，流進深綠色瓶中的燈油隱約地發出黯淡的光澤。忽地，清音抬頭一看，架子上擺著以前裝著人偶的木箱；每當看見寫在上頭的「人偶」這兩個字，清音就有一種被催促的感覺。

將燈油移裝到瓶子之後，清音將瓶子和火柴拿到鳥越家寬廣的庭院正中央。

這裡的話，不管燃燒什麼，都不用擔心會延燒到別的地方去。

太陽已經隱藏形跡，四周沒入連竹林跟夜空的境界都無法分辨的黑暗當中。看樣子，今晚是個不見星月的陰暗夜晚。

我一生都不會忘掉這片黑暗吧。猶如無底深淵般的深沉黑暗，隱藏住實際上就存在於那裡的竹林和石燈籠的這片黑暗，將一生折磨著我吧。

清音拿著點了火的蠟燭去叫優子。燭火悠然搖曳，舞蹈似地照亮清音的臉。

清音走過發出「嘰、嘰」聲的走廊，來到政義的房間前。政義現在外出，不可能在房間裡，但是如果政義說的是真的，那麼現在這個房間裡應該有個叫優子的女人在才對。不過當清音看到放在房間前面的托盤時，感到一陣悲傷。

飯菜就像清音送來的時候那樣，紋風不動地擺在那裡，看樣子沒有任何人碰過。

老爺，如果這個房間裡真的住著叫優子的女人，那麼放在這裡的飯菜，應該多少會減少一些不是嗎？您所說的優子這個人，果然還是早在兩年前就已經死去了。您只是在人偶當中，尋找著已經不存在的妻子的幻影而已吧……？

「打擾了。」

清音泫然欲泣地打開紙門。但是就算打開房間裡的電燈，清音還是看不見任何人影，只有白皙的女孩人偶並排在那裡。電燈溫暖的光芒照射下，人偶圓潤的白皙臉龐以及光滑漆黑的頭髮浮現在黑暗當中，讓清音赫然屏息。

已經好幾年沒有經歷過，像這樣被白臉的人偶們包圍的夜晚了。清音想起孩提時代，在人偶師的父親的工作場所過夜時的事。

清音很怕人偶。她們彷彿目不轉睛地盯著自己，極其詭異。她們下一瞬間是不是就會動起來？自己移開視線的瞬間，她們是否就會脫掉面無表情的面具，大笑起來？或者像號泣的孩子一般揮動著鮮紅的和服，撲上來壓在自己身上？一想到這裡，清音就害怕得想要逃出去。

房間裡鋪著兩床被子。一床是政義睡的。躺在另一張床上的應該就是優子。

但是，躺在被窩裡的那張白臉不管怎麼看都不是人類，而是人偶。

這個人偶就是「優子」，清音如此確信。

不，這個人偶或許就是父親的作品。

清音掀起蓋被，發現人偶身上穿著白色的睡衣。她想到自己洗的是人偶穿的衣服，即使不願意也忍不住這麼想了——

至今為止的自己，不正是被這個叫做優子的人偶所操縱的人偶嗎？

而且，被操縱的不只是自己。

清音抱起優子。

她離開房間的時候關掉電燈，陳列在裡面的人偶也全部融入了黑暗。

這個時候，人偶們或許在笑。

也或許在哭。

清音將懷裡的優子仰躺放到庭院正中央，點燃蠟燭。火苗一度大大地搖晃，使得清音的臉以及優子面無表情的臉上的黑影顫動了一下。庭院裡出現了一個朦朧浮現般的明亮空間。

這個人偶讓老爺迷失了現在，被老爺以應該沉眠在墓地裡的優子這個人的名字呼喚、疼愛。

接著，清音果斷地將裝在瓶中的燈油潑到優子身上。燈油被白色的睡衣吸收，將衣物各處染成了透明的顏色。清音不停地潑灑燈油，直到瓶子空掉，然後把空瓶靜靜地放到地上。

地上的優子被燈油浸濕，反映出燭光。清音想，這個人偶真的好美，比活在這個世上的任何人都要美。

清音靜靜地點火。

吸足了燈油的白色衣物瞬間被火焰包圍，火焰巨大地膨脹起來。包覆優子的火焰化成比蠟燭更明亮數倍的巨大光源，照亮了鳥越家的庭院，讓清音覺得有如白晝一般。凝視著火焰，眼睛四周變得格外灼熱。

人偶燃燒著，那個人所愛的人偶燃燒著。話語不斷地在清音的腦海裡反複迴響，清音從火焰旁退開了一步。

火焰包裹了優子全身，以不知停歇的猛勢蹂躪她。

火粉飛舞，高高地舞上無風的天空。看不到星月的漆黑夜空裡，火粉直到遙遠的高處都依然維持著鮮紅的色彩。

突然間，傳來了政義激動的叫聲。

「怎麼回事！優子！優子！」

政義將提包扔在鳥越家的門邊，大驚失色地跑到火焰旁。

「啊啊，這……這……！」

政義彷彿找不到其他的話，一次又一次激動地大叫，迅速地脫下自己身上的一件外衣，蓋上火焰。然後他自己也覆蓋上去，周圍只剩下蠟燭的火光以及滲進地表的燈油的火焰。

「老爺！那是人偶！優子不是人哪！您醒醒啊老爺！」

但是彷彿清音不存在似地，政義不停地叫著「優子、優子」，淚水源源不絕地流出眼眶。

「老爺！您看看這裡啊，老爺……！」

用自己的身體撲滅火焰的政義緊緊地抱住被火焰灼燒、已經看不出一絲原本的美貌的優子。他一次又一次用臉頰摩擦，哭泣著道歉。

「啊啊，優子，對不起，對不起……！」

他激烈地、以全身的每一處擠出聲音，他的聲音彷彿削切了靈魂似地沙啞、顫抖而迸裂。看到政義那樣的形姿，清音感到既痛心又難過。

清音擁住緊緊抱住優子、不斷地哭泣的政義背後，也放聲哭泣。

被扔到地上的蠟燭的火焰消失，在地面燃燒的殘餘小火微弱地照亮了流下清音臉頰的淚水。

六、顛茄

醫院的老舊木門一往橫拉就會卡住，不好開啟。進入裡面，一股潮濕的味道與藥品的氣味混合在一起，帶來一種積塞在胸口的不快感。褐色的拖鞋也都已經陳舊，雖然試過，卻找不到半雙沒有破損的拖鞋。

和陰暗潮濕的醫院裡頭不同，窗外光輝明亮。這已經是夏季的陽光了嗎？

穿過並排著四處露出黃色填塞物的黑色皮椅的候診室，走過古老的木造走廊，政義被帶往的房間裡，坐著一名醫師。

醫師還很年輕，臉色卻暗淡陰沉，以幽暗的眼神盯著走進房間的政義看。

政義緊張起來，不知不覺中握緊了手帕。

「啊，太好了。我真的這麼想唷。喏，爸爸也這麼覺得吧？因為聽說老爺很快就可以出院了呢！只要和醫生聊一下，就可以離開醫院了。我很擔心，所以先問過醫生了。結果那個醫生這樣跟我說：對他而言，現在最重要的就是在幽靜的地方安頓下來。醫生這麼說的唷！老爺現在正在跟醫生說話。爸爸，你知道老爺吧？是爸爸的朋友啊！」

知道政義不用住院，清音欣喜無比。說到最讓清音感到高興的消息，莫過於聽到政義雖然受到嚴重的打擊，但是立刻就可以恢復日常生活這件事了。

「好了，可以請你告訴我嗎？」

要政義坐上沒有椅背的圓椅子後，醫師這麼開口。政義只是稍微一動，椅子就發出似乎要四分五裂的尖叫聲，刺耳得難受。

「優子……優子燒起來了。我回家的時候，優子已經被火燒掉了。啊啊，我到現在還是無法忘掉那個情景。」

政義發現自己的聲音在發抖。他一閉上眼睛，包圍著優子的火焰就在眼底舞動。火焰怎麼樣都不肯消失。

「啊啊，優子……。醫生，優子什麼時候才會送回我的身邊……？」

結果醫師皺起眉頭，靜靜地回答：

「不，我想你還是不要再看到她比較好。她的屍體的狀態非常地慘不忍睹……」

一束汗水從政義的背後緩緩地滑落，他用手指擦拭額頭的汗水，把手都沾濕了。

「我瞭解你的心情……」

醫師沉痛地對政義說。

「優子是我第二任的妻子。第一任妻子已經過世，說到與她的回憶，大概就只有她所使用的一個三面鏡而已。」

政義將身體半往前傾，椅子發出巨響。刨抓般的聲音很快地就被吸進房間的角落，消失了。

「三面鏡已經裂開，沒有用了，但是它是我和罹患了肺結核而病倒的前妻之間珍貴的紀念品。所以清音弄丟鏡子的碎片時，我覺得有些遺憾。」

「第一任夫人是什麼時候過世的？」

「兩年前。我為她蓋了個宏偉的墳墓，慎重地安葬了她。她在生前，受到村人相當殘酷的對待。」

「這樣啊，那麼，你等於是連續死了兩任妻子呢……」

「……這是因果報應。」

「因果報應？」

「優子、沒想到優子竟會然那樣死去……」

政義和醫師都沉默下來。許久的一段時間裡，只有沉默橫亙在房間當中，讓政義忍不住心想：聲音這種東西是否其實已經從世上消失了？

忽地，醫師打破了沉默。

「我剛才和清音小姐談過了……」

醫師的臉色蒼白。

「她說的話和你說的內容似乎有許多不一致。這到底是怎麼回事？」

醫師的質問讓政義沉默了半刻，他彷彿放下重物似地，將摺好的手帕擺到木桌上。

「或許你不會相信。」

政義望著醫師的眼睛說。

「我不會相信什麼？」

政義沒有回答，在醫師的注視中，以顫抖的手指靜靜地打開桌上的手帕。

包裹在手帕裡頭的，只有兩顆彷彿吸收了一切的光線、閃耀而漆黑的小果實而已。

是生長在鳥越家大門旁的植物果實。

「這些果實到底是什麼？」

醫師把臉湊近桌上的黑色果實。

「這些果實是我在清音房間的角落發現的。這小果實很有光澤對吧？它是生長在鳥越家庭院裡的植物果實，名叫顛茄。」

「顛茄？」

「是的……」

政義的臉色蒼白得就像在忍耐嘔吐一般，嘴唇顫抖得厲害極了。

「……顛茄。據說是暗殺哈姆雷特的父親的凶手所使用的、擁有劇毒的果實。」

正要把手伸向桌上的黑果實的醫師停下了動作，他的臉色也很難看。

「我的朋友當中有個在出版相關業工作的人，我請他調查過了。」

「你說這些有毒的果實究竟怎麼了？」

政義皺起浮出汗珠的眉間，猶豫著該從何說起，有很多事情非說不可的事。

「這件事與這次的不幸並沒有直接的關聯……」

醫師點頭，催促政義。

「是我從朋友那裡聽說的。那已經是十年左右以前，發生在山背的事……不，應該說是傳聞比較正確吧。」

政義和醫師都汗水淋漓，看起來卻很寒冷。

約莫十年前，數名男子進入深山採野菜。當時是接近黃昏的時刻，男人們在山裡發現了不知名的植物。

植物雖小，卻生長著看起來相當美味的果實。

它會是什麼樣的味道呢？男人們感到好奇。但是光是看也不可能知道果實的滋味，其中一個男人終於摘下果實嘗嘗看了。

那是他的不幸。

男人們包圍著吃了果實的人，問他到底是什麼味道？但是他沒有回答問題，而是突然四腳著地，像頭野獸般地狂奔出去。據說他的眼睛遍佈血絲，炯炯發光。

就在怔在原地的眾人注視之下，那個人消失到深山裡去了。

一會兒之後，分不清是人還是狼的奇妙嗥叫聲，在整座山裡迴響了三聲。

風從敞開的窗子吹了進來。

「之後，人們戰戰兢兢地進入嗥叫聲傳來的深山裡，發現了口吐白沫、已經斷氣的男人。」

醫師繃著臉，仰起身子，椅子發出尖銳的聲響。

「他吃了毒果實之後，認為自己是一頭狼，然後死掉了嗎？這跟清音小姐究竟有什麼關係？」

政義和醫師的視線都無法從桌上的黑色果實移開。遠處傳來有人在走廊上奔跑的聲音，但是從政義所在的房間來看，那彷彿是完全不同的次元。

「我懷疑清音吃了這個致死量僅〇・一公克的顛茄果實。」

醫師吃驚得瞪大了眼睛。

「如果吃了致死量那麼少的毒果實，不早就死了嗎？但是清音小姐還活著啊！」

「說是致死量，也並非實際計算後再讓人服用，所以是很曖昧的。而且，清音或許在途中就吐了出來；再說效果可能因人而異，會不太明顯也說不定。確實清音還活著。不，是活下來了……」

「原來如此，我逐漸瞭解你想說的話了。你的意思是，就像剛才你說吃了毒果實，變成了狼的男人一樣，清音小姐也成了像是那樣的狀態。」

「不，有點不同。與其說是顛茄的主成份顛茄鹼（註）的前驅症狀，我認為是清音吃下這些惡魔的果實時所遭受到的強烈衝擊，形成了後遺症顯露出來。換句話說，我認為清音吃了顛茄的果實，活下來了。但是做為活命的代價，她陷入了慢性的持續譫妄狀態。」

「所謂譫妄狀態，就是妄想與現實的境界變得模糊，意識的混濁……」

「沒錯。啊啊，怎麼會變成這樣！」

政義無法忍耐地呻吟。

「清音在小時候，曾經有過被人偶師的父親關在工作場所一整晚的經驗。我聽說後來好一陣子，清音變得非常懼怕女性人偶。那恐怖的體驗與惡魔的果實引發的譫妄狀態結合在一起，使得清音徹底地難以區別、理解人類與人偶之間的差別了！對現在的清音而言，人類與人偶的境界就有如雲霞般模糊啊！」

醫師睜大了眼睛。

「那麼，清音小姐對於優子夫人就是人偶一事深信不疑。就是這麼回事嗎！」

「一切都是這些黑色的果實造成的。」

用不著政義說，兩人的眼光都移向了桌上的小果實。

「顛茄是惡魔的植物，惡魔的果實讓清音做夢了。怎麼會這樣呢？顛茄把優子這個人並不存在、優子是一個人偶的這種夢境，植入了清音的腦海……」

「然後，清音小姐在惡魔的果實的命令下，放火燒了人偶……」

政義雙手掩面，咬緊牙關哭了起來。

「我到現在還是無法相信啊！」

「怎麼會有這種事。太可憐了。優子夫人和清音小姐都太可憐了。清音小姐在自己沒有發現的狀況下，被惡魔的果實所迷惑，成了被操縱的人偶啊！」

「但是，為什麼你不讓清音小姐接近房間呢？為什麼不把優子夫人介紹給清音小姐呢？這讓我感到不可思議極了。」

註：顛茄鹼（atropine），亦稱阿托品。顛茄等茄科植物的成分之一，會引起興奮、瞳孔放大、幻覺，並陷入昏睡、體溫下降、呼吸麻痺等症狀。多用來做為散瞳劑、鎮痙攣劑等。

「優子也……」

政義帶著鼻音說。

「優子也是肺結核患者，所以我不想讓清音太靠近優子，因為我不希望她被傳染。而且她來到我們家工作不久之前，相依為命的父親也才剛因為肺結核過世，所以照顧優子的工作全都是我一手包辦的。而優子得了肺結核的事，是不能夠告訴任何人的祕密，對清音也是。你是醫生，應該明白吧？封閉的村人們那冷漠的視線，所以我才不想把內子的病告訴任何人。我不想讓優子像前妻一樣，受到外人的冷潮熱諷。」

房間充塞著沉默，政義覺得好像快被什麼沉重的東西壓垮了。腳底開始變軟崩坍，彷彿會在不知不覺中沉沒下去。

手臂佈滿了汗水，就連那些汗也已經冰冷了。醫師嘆了口氣，政義也端正姿勢，椅子傾軋起來。

「請你告訴我。清音小姐說那天晚上優子夫人沒有吃她做的晚餐，對她的呼喚聲也沒有反應。優子夫人被清音小姐抱起來，卻毫不反抗，就連被灑上燈油也沒有逃走。這到底是怎麼回事？優子夫人為何要那麼樣地任由清音小姐擺佈？」
政義慢慢地思考。他覺得想吐，不曉得是因為房間的換氣不佳，還是由於酷熱所致。他只是覺得悲不自勝，愴然不已。
「優子常常陷入恍惚。她會凝視著半空中的一點，面無表情地一動也不動。沒錯，就像人偶一樣。內子一旦陷入那種狀態，便很難恢復。必須用力搖晃她的肩膀，或是湊近她的耳邊叫她的名字；只有在極少數的偶然機會，她才會自己醒來。所以就算被放到地上，也……」
一閉上眼睛，優子燒燃的模樣便浮現出來。
對不起。每當想起，政義就無法不道歉。
對不起。
我才是帶來不幸的元兇。
「啊，顛茄的果實。」
醫師吐出嘆息般的聲音。
「只能說是桌子上的這些果實陷害了清音小姐和優子夫人。但是從一個少女身上奪走了分辨人類與人偶的境界的恐怖植物，為何會生長在府上的庭院裡？」

政義把手按在額頭上，更加苦惱地又垂著頭好一陣子；不久後，他以陰沉的聲音開始述說了。

「鳥越家是自古以來的名家。說是自古以來，但是實際上，我的身上並沒有半點鳥越家的血。」

政義的聲音微微地顫抖。

「我從家母那裡聽說，好幾代以前，有個帶著孩子的女人倒在鳥越家門口，這便是因果報應的開端。」

「因果報應……嗎？」

「是的。當時的鳥越家的家長收留了那名帶著孩子的女人，就是個錯誤。家母沒有說得很明白，不過我想，倒在路邊的那個女人迷惑了鳥越家的主人。不，她一定是迷惑他了。若問為什麼，因為她就是為了這個目的才倒在鳥越家門口的。」

政義覺得悲傷極了。

「鳥越家的主人也有妻子，但是聽說帶著小孩的女人一來到鳥越家，她就突然莫名奇妙地死了。於是鳥越家的主人立刻娶了倒在路邊的女人做為新的妻子。」

「新的妻子……」

「是的，沒錯。然而事情並不是這樣就結束了！倒在路邊的女人一成了鳥越家的人後，鳥越家的主人也死了！」

醫師吞了一口唾液。

「倒在路邊的女人和她的孩子繼承了鳥越家。我身上有的是那個時候女人帶來的孩子的血統，而不是鳥越家的血啊！」

政義無法克制自己的淚水。

「突然死亡的鳥越家的主人和他的妻子！啊啊，我的胸口好像要裂開了！我的祖先一定是毒殺了兩人，篡奪了鳥越家！我聽說女人來到鳥越家時帶來的孩子手裡握著花。現在我終於知道那朵花的真面目了。孩子的手中握的正是顛茄的花啊！村落的人會對鳥越家冷眼相待，並不只是因為肺結核。村落的人一定是知道我的祖先對鳥越家的所做所為！」

醫師想要安撫政義，但是政義站了起來，緊緊握住的拳頭不住地顫抖。

「這是因果報應。是代代流傳在我的體內、被詛咒的命運。是鳥越家祖先的復仇！啊，我無能為力。殺害了優子的一定就是我這個和惡魔簽下契約的人的後裔！不，不只是優子！我的前妻、還有清音，一切不幸的元凶都是我！」

政義朝著天花板大叫，也不拭去流下來的淚水，不斷地哭泣。政義這麼做的時候，醫師皺起眉頭，默默地閉上雙眼，等待政義的淚水乾涸。

這是注定的嗎？

靜靜地，政義望著桌上的黑果實開口了。他連自己什麼時候站起來的都沒有發現。所有的顏色都從他的心裡褪去了。

「帶著惡魔的花的孩子，與他的母親開始在鳥越家門前做戲時，就已經注定會這樣了嗎？」

醫師沉默了一陣子，用手帕把桌上的黑果實照原樣包好，起身將它塞到政義的手中。政義發現醫師的手也在發抖。

「立刻把它燒掉。不只是這些果實，生長在庭院裡的顛茄也全部燒掉。

然後把那孩子接回去。在那之前，我會治療那孩子的後遺症。不，即使無法治癒，你還是要把那孩子接回去，因為你們都是孤單一人了。心情平靜下來之後，再花時間慢慢告訴她吧。你和那孩子一定都很難受，但是要慢慢地，一點一點地去接受。就讓什麼因果報應，在你這一代結束吧。」

政義握緊醫師交給他的顛茄果實，崩潰似地跪倒在木板地上。醫師靜靜地離開房間之後，房間裡依舊傳來政義的嗚咽聲。

醫院的某處傳來嬰兒的哭聲。

喏，爸爸，你在聽嗎？我啊，有了喜歡的人呢！是個很了不起的人唷。

啊，我也喜歡爸爸唷！

清音對著坐在自己身邊的父親遺留下來的人偶不停地說著。明亮的陽光從窗戶照射進來，溫柔地傾灑在床上的清音身上。風一吹來，病房的窗簾便輕柔地飄盪，彷彿在向她招手一般。

爸爸，今天很溫暖呢。回家之後，我得把洗好的他的衣物拿去曬才行呢。

可是，人偶遲遲不肯開口，這讓清音感到納悶。感到有點寂寞。

解說

傳奇從此開始

張筱森

四年多前我第一次聽到乙一這個奇特的名字，是因為一名網友大力推薦：「你可以不看其他年輕作家的作品，但是不能不看乙一。」對於一個有著某種程度的資訊恐慌症狀的人來說，這話聽起來實在有點驚悚。再加上事後上網一查，他居然在一九九六年就已經出道，彼時也正值相對現在而言的創作高峰期，作品也還不少。這下子只能安慰自己晚來總比沒到好，在二〇〇二年夏天前往日本之際，帶回了幾本文庫本，其中一本就是《夏天・煙火・我的屍體》。

〈夏天・煙火・我的屍體〉是乙一參加集英社所舉辦的第六屆「JUMP小說・非小說大獎」的作品，評審委員之一的栗本薰對此作大為驚豔。在她的強力推薦之下，一九九六年時才十七歲、還是高中生的乙一就這樣進入文壇。本作描述一個小女孩五月在九歲那年的夏天被好友彌生從大樹推落摔死，之後彌生和哥哥阿健為了藏起五月屍體費盡心力，令人驚訝的是當讀者以為故事已經結束之際，作者卻又寫出了一個隱晦又殘酷的事實。

我還記得當時在回台飛機上讀完結局瞬間的感受，從特異的開頭、嶄新的敘述視點到令人啞然的結局，無一不令人印象深刻、拍案叫絕。對我來說這次的邂逅又讓我重溫到多年前讀完《殺人十角館》（綾辻行人）或是《殺戮之病》（我孫子武丸）時的感動。（可以看出筆者對於推理小說的要求極低，只求在結局時被嚇一跳就行；不過前述兩作都是日本推理小說史上無庸置疑的傑作。）不消說僅僅這篇短篇作品，就讓我成了乙一的信徒，持續地享受著他所帶來的一個又一個好聽的故事。

初讀本篇，最引人注意的首推特殊的敘述手法：由五月的「屍體」來講一個發生在夏天鄉下的藏屍故事。這樣既非完全的第一人稱、也非完全的第三人稱，一開始就令故事進入了非常特殊的氛圍，一種既親密又疏離的氣氛，緩緩地在作品中蔓延。第一人稱的作品，常會令讀者不自覺地對主角產生移情作用，所以在閱讀的過程中，應該理所當然地對五月碰到了這樣毫無來由的暴力感到憤慨、不忍，會希望阿健兄妹所做的事情曝光。然而五月的口吻卻毫無怨懟、憤怒，甚至還帶著一些理解及同情，反而讓人不知不覺中開始擔心起阿健兄妹能不能順利地藏好五月的屍體。以為莫名其妙地遭遇死亡的主角需要來自讀者的親密支持，卻沒想到卻被五月推開，她始終和讀者之間保持著一種奇妙距離感。這時候的五月成了比人類更高的存在，根本就不需要來自人類（＝讀者）的同情，而感情作用對象落空的人類（＝讀者），於是轉而擔心起阿健兄妹來了。執筆年紀才十六歲，就能擁有這般巧妙地操縱讀者感情的才能，著實令人印象深刻。

有個大家耳熟能詳的說法：「在談論一個作者時，必定要從處女作談起。」，然而這句話在乙一身上似乎不成立。在本作之後，我開始收集乙一相關的採訪和報導。在某篇訪問中，他表示其實他對〈夏天・煙火・我的屍體〉並沒有特別的喜愛或是特殊想法。相較於他曾經說過〈形似小貓的幸福〉和〈只有你聽得見―Calling You〉對他影響甚大，這篇讓栗本薰大大讚揚他是「神童」、「奇蹟」的作品，居然只是他為了練習文字處理機所寫的!?我曾經以為這是乙一式的搞笑手法，後來有機會見到本人時，求證之下才知道這是真的。這也才真正理解，為什麼總會在〈夏天〉一作和之後的乙一作品群之間，感受到一種奇特的不協調感。

台灣讀者透過《被遺忘的故事》和《GOTH斷掌事件》兩作，想必都很清楚乙一的創作路線有所謂的「黑」與「白」的存在。「白乙一」有著令人讀時心酸、閱畢感到溫暖的筆觸，「黑乙一」則是殘忍、冷酷，猶如鋒利的剃刀。然而不論是哪一種路線，都可以看出這些作品深刻地反映出作者自身很重要的性格特色。他的作品中不斷地銘刻著「我和這個世界格格不入」的自覺，不過可喜的是登場人物們終究都能順利找出一條和世界的相處之道。然而在這篇作者本人其實沒什麼感覺的處女作中，卻絲毫沒有這樣的情感。沒有人和這個世界格格不入，除了五月的屍體，但她不為這樣的格格不入感到不知如何自處，因此作者不需替她找到一條和世界的相處之道，所以整篇故事也沒有必要展現出某種溫暖的模樣。雖然阿健偶爾流露出殘酷的本性，但他並沒有真的動手殺人；而連令人驚愕的綁架案真相，都透過讓五月得到了新朋友的結局，竟也不特別殘酷了。讓整篇故事既不黑、也不白，只有一種昏黃的光芒，籠罩著五月他們的夏天。對我來說，在這種沒有特殊感受之下創作出來的成果，就成了〈夏天〉和其他乙一作品的那種不協調感的來源。

但是換個角度來看，正因為作者沒有自覺，或許能認為這篇作品完全是乙一寫作本能的極致表現。其一是優秀的描寫能力，乙一之後很少有作品有著和本作一樣大量的風景描繪。宛如牧歌一般美好，栩栩如生的夏天鄉村景致，和阿健兄妹猶如惡夢般的四天成了高度的反差，當乙一愈是深刻描寫平凡無奇的一草一木，就愈突顯出五月屍體的存在有多麼突兀不自然。其二是精密的劇情佈局能力。乙一很多作品的劇情節奏緩慢，高潮大都集中在劇情後半段、甚至逼近結局才會爆發出來。但可能是因為是參加新人獎的作品，〈夏天〉還有一點特殊之處，就是劇情節奏很快，並且保持著高度的戲劇張力。很快就來到五月喪生的劇情，之後一連串的搬運屍體、躲避大人的劇情，讓人讀來緊張不已。然而更令人驚喜的是最後一段的破壞力，徹底顛覆了讀者對登場人物的認知和期待，可以看出乙一本能知道什麼樣的結尾才能帶給讀者最大的意外感。難怪當時栗本薰會認為就算乙一後來成為平凡人，十六歲時就能寫出這樣一篇作品的他的存在本身就是一種奇蹟。

除了〈夏天・煙火・我的屍體〉之外，本書還收錄了〈優子〉這篇帶著古老風情，令我聯想起日本戰前的變格偵探小說的作品。乙一說過得獎出道之後，因為很喜歡奇幻小說，曾經嘗試撰寫有劍、有龍、有魔法師的傳統奇幻作品。可是一試之下，發現自己毫無創作這類作品的才能，世界觀、故事發展都破綻百出。相對於創作架空世界的無能為力，他則非常清楚該如何揀選現實世界的素材，來強化作品。〈優子〉便是一個好例子，我其實一直很難擺脫〈優子〉的劇情並不是那麼有說服力的想法。但因為乙一十分聰明地將時代背景放在距離現在有一段時間的「那場大戰結束後」，反而讓整個故事呈現出一種古老、懷舊，甚至如前所述的戰前變格偵探小說的風格了。而且〈優子〉還讓乙一表現出能自在地轉換寫作風格、遣詞用字的能力。只要同時閱讀或許和〈夏天〉同時出版的《天帝妖狐》，一定更能感受到這一點。

二〇〇六年是乙一出道十週年，雖然他在近年來的創作速度明顯下降許多，但是只要一有新作依舊維持著相當的水準，也值得讀者繼續期待下去。

本文作者介紹

推理小說愛好者。持續囤積日本推理及恐怖小說。

乙一
Otsu
Ichi
作品集

01

夏天・煙火・我的屍體

原著書名＝夏と花火と私の死体
原出版者＝集英社
作者＝乙一
翻譯＝王華懋
責任編輯＝張麗嫺、陳亭妤
事業群總經理＝謝至平
發行人＝何飛鵬
版權部＝吳玲緯
行銷業務部＝陳亭妤、陳玫潾
出版＝獨步文化
城邦文化事業股份有限公司
115 台北市南港區昆陽街16號4樓
電話：(02) 2500-7696　傳真：(02) 2500-1951
發行＝英屬蓋曼群島商家庭傳媒股份有限公司城邦分公司
115 台北市南港區昆陽街16號8樓
讀者服務專線：(02) 2500-7718; 2500-7719
24小時傳真服務：(02) 2500-1990; 2500-1991
服務時間：週一至週五上午09 : 30-12 : 00; 下午13 : 30-17 : 00
讀者服務信箱E-mail：service@readingclub.com.tw
劃撥帳號＝19863813
戶名＝書蟲股份有限公司
香港發行所＝城邦（香港）出版集團有限公司
香港九龍土瓜灣土瓜灣道86號順聯工業大廈6樓A室
電話：(852) 25086231　傳真：(852) 25789337
E-mail: hkcite@biznetvigator.com
馬新發行所＝城邦（馬新）出版集團Cite (M)Sdn. Bhd.
41, Jalan Radin Anum, Bandar Baru Seri Petaling,
57000 kuala Lumpur, Malaysia.
電話：(603)90563833　傳真：(603) 90576622
E-mail:services@cite.my
封面設計＝聶永真
印刷＝鴻霖印刷傳媒股份有限公司
排版＝浩瀚電腦排版股份有限公司

□2007 年 1 月初版
□2024 年 9 月 4 日二版 15 刷
售價　260 元
Printed in Taiwan

國家圖書館出版品預行編目資料

夏天・煙火・我的屍體　乙一著；王華懋譯. -- 二版. -- 台北市：獨步文化出版：家庭傳媒城邦分公司發行，
面；　公分. -- （乙一作品集；1）
譯自：夏と花火と私の死体
ISBN 978-986-5651-14-5（平裝）

861.57　　104000175

　ISBN 978-986-5651-14-5

獨步文化
APEX PRESS

廣 告 回
北區郵政管理登記
台北廣字第000791
郵資已付，免貼郵

104台北市民生東路二段 141 號 2 樓

英屬蓋曼群島商家庭傳媒股份有限公司　城邦分公

請沿虛線對摺，謝謝！

獨步文化
APEX PRESS

書號： 1UG001X　　**書名：** 夏天．煙火．我的屍體　**編碼：**

請於此處用膠水黏貼

獨步文化 APEX PRESS

讀者回函卡

謝謝您購買我們出版的書籍！請費心填寫此回函卡，我們將不定期寄上城邦集團最新的出版訊息。

姓名：______________________ 性別：□男 □女

生日：西元________年________月________日

地址：______________________________

聯絡電話：______________傳真：______________

E-mail：______________________________

學歷：□1.小學 □2.國中 □3.高中 □4.大專 □5.研究所以上

職業：□1.學生 □2.軍公教 □3.服務 □4.金融 □5.製造 □6.資訊

□7.傳播 □8.自由業 □9.農漁牧 □10.家管 □11.退休

□12.其他________________________

您從何種方式得知本書消息？

□1.書店 □2.網路 □3.報紙 □4.雜誌 □5.廣播 □6.電視

□7.親友推薦 □8.其他____________________

您通常以何種方式購書？

□1.書店 □2.網路 □3.傳真訂購 □4.郵局劃撥 □5.其他________

您喜歡閱讀哪些類別的書籍？

□1.財經商業 □2.自然科學 □3.歷史 □4.法律 □5.文學

□6.休閒旅遊 □7.小說 □8.人物傳記 □9.生活、勵志 □10.其他

對我們的建議：______________________________

____

____

____

請於此處用膠水黏貼

乙一作品集

01《夏天·煙火·我的屍體》 1996 —— 九歲的夏天，我被殺了：而我最要好的朋友們卻急於藏起我的屍體…… —— 震驚日本文壇的出道作。**02《天帝妖狐》** 1998 —— 我是野獸？還是人類？圍繞著這句被詛咒的軀體，發生了一連串的悲劇…… —— 既絕望又哀傷的鄉野奇譚。**03《平面犬》** 2000 —— 我在身上刺了一隻狗，有天牠居然動了起來，而我們開始了難以形容的奇妙生活…… —— 令人愛不釋手的恐怖小品。**04《暗黑童話》** 2001 —— 我因為意外失去了左眼和記憶，於是接受了眼球移植，卻發現眼球提供者的過往記憶一一在眼前展開…… —— 充滿懷舊之美的長篇恐怖小說。**05《ZOO》** 2003 —— 十一篇風格特異、難以分類，如珠玉般晶瑩透亮的短篇小說集…… —— 天才乙一帶來的至高無上的閱讀享受。**06《箱庭圖書館》** 2011 —— 這裡是編織故事的小鎮，他們一起寫下了奇蹟…… —— 和讀者共同創作，小說再生工廠出品之六篇溫暖小品。**07《槍與巧克力》** 2006 —— 少年夢想成為大偵探的助手，父親留下的神祕地圖為他打開冒險之門…… —— 祝福旅途中的父母與孩子，乙一世界最純粹的結晶。

獨步文化 bubu's blog —— apexpress.blog66.fc2.com
獨步文化 bubu's FACEBOOK粉絲團 —— www.facebook.com/APEXPRESS